家藏文库

嵇康诗文选

〔三国〕嵇康 著　　卫绍生 注评

中州古籍出版社
·郑州·

图书在版编目(CIP)数据

嵇康诗文选 /(三国)嵇康著;卫绍生注评. —郑州:中州古籍出版社,2023.12

(家藏文库)

ISBN 978-7-5738-1252-0

Ⅰ.①嵇… Ⅱ.①嵇…②卫… Ⅲ.①古典诗歌–诗集–中国–三国时代②古典散文–散文集–中国–三国时代 Ⅳ.①I213.62

中国国家版本馆CIP数据核字(2024)第014951号

JIACANG WENKU:JI KANG SHIWEN XUAN

家藏文库:嵇康诗文选

出 版 人	许绍山
选题策划	卢欣欣 高林如
约稿统筹	卢欣欣
责任编辑	高林如
责任校对	刘丽佳
封面设计	王 歌
美术编辑	曾晶晶

出 版 社	中州古籍出版社(地址:郑州市郑东新区祥盛街27号6层 邮编:450016 电话:0371-65723280)
发行单位	河南省新华书店发行集团有限公司
承印单位	河南新华印刷集团有限公司
开 本	640 mm×960 mm 1/16
印 张	13.5
字 数	170千字
版 次	2023年12月第1版
印 次	2024年7月第1次印刷
定 价	39.00元

本书如有印装质量问题,请联系出版社调换。

前　言

魏晋时期名士辈出，东晋著名文学家和史学家袁宏依照时间顺序，把魏晋名士分为正始名士、竹林名士和中朝名士。正始名士有夏侯玄、何晏、王弼等人；竹林名士包括阮籍、嵇康、山涛、向秀、刘伶、阮咸、王戎，由于其人数为七，世人又称之为"竹林七贤"；中朝名士有裴楷、乐广、王衍、阮瞻、卫玠、谢鲲等。这些名士谈玄清议，特立独行，不仅影响了整整一个时代，而且对其后中华传统文化的发展演变也产生了深远影响。列名竹林名士的嵇康，以其独具特色的行为方式和冷峻缜密的诗文，有力地影响了他的时代和后人。

一

嵇康（223~262），字叔夜，谯郡铚县嵇山（今属安徽涡阳县）人。因为嵇康曾任中散大夫之职，世称嵇中散。嵇康的祖上原姓奚，会稽上虞（今浙江绍兴市上虞区）人。为躲避仇家，嵇康的先人逃到铚县，取"会稽"之"稽"字的左侧部首"禾"及右侧"尤"字，"尤"字下面加"山"字，而为嵇姓。一说铚县有嵇山，嵇康先人在嵇山旁安家，遂以嵇为姓。嵇康的父亲嵇昭，字子远，曾任督军粮治书侍御史，秩俸六百石。嵇康出生不久，父亲就去世了。母亲孙氏含辛茹苦把他抚养成人。嵇康兄弟三人，长兄嵇喜西晋时期曾任徐州刺史、扬州刺史，官至太仆卿、宗正卿。嵇康另有一兄，于魏元帝景元元年（260）去世。

嵇康自幼丧父，在母亲和兄长的抚育下成长起来。嵇康出身儒学之家，自幼学习儒家经典，同时博学多览，无师自通，显示出不俗的才能和超然脱俗的性格，《晋书》本传说他"美词气，有风仪，而土木形骸，不自藻饰，人以为龙章凤姿，天质自然"。长大成人之后，嵇康喜好老庄之学，恬静寡欲，任情自然。大约21岁那年，嵇康娶曹操孙女、沛穆王曹林之女长乐亭主为妻，随后步入仕途，入朝为郎中。大约在正始七年（246），嵇康升任中散大夫。中散大夫是西汉平帝时所置，属于光禄勋，秩俸六百石，无定员，亦无常事，属于朝廷散官。也就是在这一年，嵇康开始寓居山阳（治今河南焦作市东），其宅院旁边有竹林，世称"嵇公竹林"。寓居山阳期间，嵇康曾经与吕安一起种菜园，也曾经和向秀在洛阳一起打铁。正始八年至九年间，竹林七贤开始聚集于嵇公竹林，谈玄清议，饮酒唱和，把臂言欢，后人称之为"竹林之游"。竹林之游前后持续了六七年的时间，先后有阮籍、嵇康、山涛、向秀、刘伶、阮咸、王戎，以及吕巽、吕安、阮侃、赵至等人参与。前述阮籍等7人，后人称之为"竹林七贤"。

嵇康寓居山阳期间，经常进入南太行采集有利于养生的草药，曾在苏门山与孙登相遇。孙登是魏晋之际有名的大隐士，精于养生之道。嵇康与之相遇，临分别时，孙登说："您才能出众，但保全自身的方法却不足!"嵇康知道孙登是当世高人,于是跟从孙登在南太行一带游学三年。后来,为躲避大将军司马昭的征召,嵇康又游于河东(今山西西南部)、河北(今河北邯郸市)等地。在邯郸,遇隐士王烈,与王烈携手入山。王烈得石髓,食之如饴,留一半给嵇康。可是,嵇康拿到手时,石髓坚硬如石。王烈在一石室中发现一卷素书,急忙喊嵇康去取。可是,等嵇康赶到时,那卷素书已经不见了。王烈因此感慨"叔夜未合得道故也"。

魏元帝景元元年(260),母亲孙氏和一位兄长先后去世,嵇康处于极度悲痛的人生低潮。正是在这一年,嵇康的好朋友山涛由赵国相升任尚书吏部郎,在即将离职的时候,山涛举荐嵇康代替他。嵇康认为山涛和他交往这么多年,竟然不知道他从来不喜欢进入仕途,于是写了一封《与山巨源绝交书》,愤然与山涛绝交。此后不久,嵇康因调解老朋友吕巽和吕安兄弟的矛盾而引火烧身,于魏元帝景元三年(262)被捕入狱。与嵇康素有嫌隙的司隶校尉钟会负责审理嵇康的案件。钟会以为嵇康"上不臣天子,下不事王侯,轻时傲世,不为物用,无益于今,有败于俗"(刘义庆《世说新语·雅量第六》注引《文士传》),劝说司马昭杀了嵇康。嵇康因此遇害,时年40岁。据《晋书》本传记载,嵇康临刑东市的时候,三千太学生请求留嵇康一条命,让嵇康在太学教书,做他们的老师,这个请求没有得到允准。临刑前,嵇康弹奏了一首《广陵散》,然后坦然赴死。

嵇康性好老庄,任情自然。他的一生,除了为长乐亭主婿而与曹魏皇室有必要的交往外,与官场人物很少交往。他被任命为中散大夫不久即寓居山阳,和官场人物基本上断绝了来往。寓居山阳期间,和他来往的多是当时名士，如以阮籍为代表的竹林名士，其中山涛和王戎后来进入官场，且长袖善舞，位居三公，而向秀、刘伶、阮咸则志不在此，长期沉沦下僚。其他一些人物，如阮侃、赵至和吕巽、吕安兄弟，都是竹林之游的参与者。他们虽然也曾涉足官场，但都没有大的成就。此外与嵇康交往较多的就是孙登、王烈等隐士了。尤其是孙登，对嵇康的人生有很大影响，以至于嵇康在被捕下狱之后所写的《幽愤诗》中感慨"昔惭柳惠，今愧孙登"。

二

嵇康自幼接受儒家思想教育，长大成人之后则皈依老庄。嵇康是曹操之子、沛穆王曹林的女婿，这就使得他在试图远离魏晋之际惨烈的政治斗争的同时，又对曹魏保持了一份政治上的忠诚。嵇康娶长乐亭主后不久就移居山阳。他凭借敏锐的嗅觉感受到了当时诡谲的政治氛围，试图远离朝廷党争的旋涡，远离令他生厌的官场，追求任情自然，保持洁身自好。

正始十年（249）正月，太傅司马懿利用曹爽陪同曹芳赴高平陵扫墓之机发动政变，一举控制了朝政。此时，嵇康正在山阳与他的那些好友们畅游于嵇公竹林，把酒言欢，吟诗作赋，谈论玄理。朝廷发生了那么大的变化，嵇康肯定有所耳闻，但他浑然不觉。作为曹魏宗室的女婿，嵇康没有对朝廷发生的重大变故义愤填膺，甚至议论一下都不屑。既然选择了远离仕途和官场，谁在台上，谁在台下，干卿何事？更何况皇帝还是齐王曹芳，明面上依然是曹氏天下呢？所以，嵇康对高平陵之变表现得很平静，该饮酒饮酒，该赋诗赋诗，该游玩游玩，一切照旧。司马懿之后，司马师、司马昭先后秉持朝政。嘉平六年（254），司马师杀齐王曹芳，立高贵乡公曹髦为帝，改元正元。次年，镇东将军毌丘俭、扬州刺史文钦在淮南以勤王的名义起兵反叛。司马师在征讨毌丘俭的途中病死。《晋书》本传钟会言嵇康在毌丘俭起兵反叛的时候，准备起兵策应毌丘俭，被山涛劝阻。此说殊不可信，但是，却从一个方面反映出嵇康的政治倾向。嵇康是曹魏皇室的女婿，不论他是否热衷政治，但在心理层面总是对曹魏政权有一种亲近感。司马昭继司马师之后为大将军，把持朝廷大权，准备征召嵇康出来做官，想通过嵇康影响其他名士。嵇康明白司马昭的用意，直接拒绝了。在司马氏与曹魏之争中，嵇康保持了旁观者的身份。在司马氏把持朝政之后，嵇康不可能背叛曹魏，转而依附司马氏，为司马氏装潢门面。嵇康的身份不同于阮籍、山涛、王戎等人，在魏晋之际的党争中，他不可能像阮籍等人那样侧身司马氏阵营，成为司马氏的座上宾。他可以做一个观望者，但不可能与曹魏对着干。嵇康拒绝司马昭的征辟，拒绝山涛的举荐，固然是因为他不愿意用官场那一套约束自己，不愿意在官场上蝇营狗苟，同时更因为他在情感上与曹魏政权保持着剪不断理还乱的联系。

嵇康在政治上试图保持中立，在情感上倾向于曹魏政权，在思想上却是皈依老庄。自东汉末年处士横议成为一股清流开始，清议在文士中逐渐流行开来。到了曹魏正始年间，何晏、王弼、夏侯玄等人把士人清议引入对《周易》《老子》《庄子》的阐释中，形成了以谈玄清议为主要特征的魏晋玄风。正始之后，这股玄风在阮籍、嵇康等人的积极参与下愈扇愈炽，影响越来越大。嵇康打出了"越名教而任自然"的旗帜，公开"非汤、武而薄周、孔"，以老庄的任情自然抗衡当时社会流行的名教思想。他在《养生论》《难自然好学论》《声无哀乐论》《与山巨源绝交书》等文章中，张扬自然，崇尚虚无，反对名教的各种束缚，把魏晋玄学推向一个新的高度。在《与山巨源绝交书》中，嵇康所说的"必不堪者七"和"甚不可者二"，都是对名教的控诉，对自然无为的张扬。汤用彤先生认为，嵇康和阮籍"表现了玄学的浪漫方面，其思想不精密，却将玄学用文章与行为表达出来，故在社会上之影响，嵇阮反出王何之上，而常常被认为是名士之楷模"（汤用彤《魏晋玄学论稿》）。

的确，嵇康不仅用文章阐述自己的玄学思想，而且以其富有个性的文化行为践行玄学思想，把魏晋玄学思想进一步生活化和浪漫化。譬如养生，是魏晋名士的共同追求，也是魏晋玄学生活化的问题。嵇康认为，养生需要"清虚静泰，少私寡欲"，应"知名位之伤德""识厚味之害性"，做到"旷然无忧患，寂然无思虑。又守之以一，养之以和，和理日济，同乎大顺"。在此基础上如果能够"蒸以灵芝，润以醴泉，晞以朝阳，绥以五弦，无为自得，体妙心玄，忘欢而后乐足，遗生而后身存"，则"庶可与羡门比寿、王乔争年"。虽然是论养生，但嵇康养生思想的出发点和落脚点都是老子所主张的清静无为、少私寡欲，重点在于按照老子所说的那样修身养性。至于养生的药物和方法，仅仅是达到养生目的的路径而已。

音乐是魏晋名士的重要生活内容。魏晋名士虽然都明白"非必丝与竹，山水有清音"的道理，但是无论独处还是文士相聚，都免不了音乐陪伴，都需要丝竹陶写。阮籍登苏门山，与孙登长啸而歌；嵇康临刑东市，还要再弹奏一曲《广陵散》；陶渊明常常抚弄无弦琴以寄意，有诗句"但得琴中趣，何劳弦上声"。王羲之对谢安说的一段话，可以代表魏晋名士对音乐的基本态度："年在桑榆，自然至此，正赖丝竹陶写，恒恐儿辈觉，损欣乐之趣。"（《世说新语·言语第二》）音乐艺术是陶冶性情的上佳选择，也是魏晋名士的标配，同时也是谈玄清议的内容。嵇康不仅精通音乐，而且有自己的一套音乐理论。嵇康对儒家的"治世之音安以乐，亡国之音哀以思"之说，明确表示反对。他认为声音本无哀乐，因为"声音以平和为体，而感物无常；心志以所俟为主，应感而发。然则声之与心，殊途异轨，不相经纬，焉得染太和于欢戚，缀虚名于哀乐哉"。虽然是在讲音乐，但是却说以平和虚无为本，流露出浓浓的玄学思想。

三

嵇康是魏晋时期著名的文学家、思想家和音乐家。嵇康在他40年的短暂生涯中，创作了许多有深度、有广度的文学作品，对后世产生了深远影响。

嵇康诗文，后人汇集为《嵇康集》或《嵇中散集》。南朝梁流传有《嵇康集》十五卷，录一卷；隋代有《嵇康集》十三卷；唐代有《嵇康集》十五卷；宋代《嵇康集》仅存十卷。宋代《嵇康集》仍具一定规模。宋人陈振孙《直斋书录解题》称嵇康"所著文论六七万言，今存于世者仅如此"。很显然，这是经历了历代战火兵燹之后的《嵇康集》规模，不是《嵇康集》的原貌。另据王楙《野客丛书》记载，宋代《嵇康集》有诗歌68首，而《宅无吉凶摄生论难》则分为上、中、下三篇。北宋末至明初的200多年间，持续不断的战火兵燹使许多古代文献遭到了灭顶之灾。《嵇康集》也难于幸免。明清学人辑录的《嵇康集》虽然仍为十卷，但内容比宋本《嵇康集》要少许多。如明吴宽丛书堂抄校本《嵇康集》为十卷，收录嵇康诗文共75篇，其中诗歌60首，赋1篇，文14篇；黄省曾校本《嵇中散集》收录嵇康诗文共62篇，其中诗歌47首，赋1篇，文14篇，《嵇荀录》1篇有题无文。这两个版本的《嵇康集》总计字数仅有三万余字，尚不及宋本《嵇康集》的一半。

　　嵇康诗歌内容比较丰富，涉及述志、思亲、赠答、游仙、宴会等多方面，属于典型的"诗言志，歌咏言"之作。嵇康本有凌云之志，但世事的艰难和人生的险恶，使得他不得不冷眼看社会，变得冷峻起来。《五言古意》是一首述志诗，诗歌以"戢翼太山崖"的双鸾为喻，写世事的艰难、人生的险恶和壮志难酬的无奈。双鸾"抗首漱朝露，晞阳振羽仪。长鸣戏云中，时下息兰池"，自由自在，无拘无束。忽然"云网塞四区，高罗正参差"，云间罗网密布，高低参差，使得双鸾"奋迅势不便，六翮无所施"，无法翱翔九霄，最终"隐姿就长缨，卒为时所羁"。由此不难看出嵇康移居山阳之后，对身外之事变得比较冷漠的深层原因所在。《述志诗二首》更可以看出嵇康的冷峻绝非一时之兴。《述志诗》其一以潜龙为喻，抒写了"雅志不得施"的愤懑，表达了"冲静得自然，荣华安足为"的心境；其二通过斥鷃与神凤的对比描写，表达了对"玄居养营魄，千载长自绥"的隐逸生活的向往。《五言诗三首》感慨人生短暂，世事无常，流露出对知音同调的期待，对世俗宵小的鄙薄，对自然素朴的皈依，属于典型的言志之作。

嵇康的《思亲诗》是为了悼念去世的母亲和兄长而作。这首骚体诗写于阳春三月的一个夜晚，诗人感念母兄的抚育和照顾，"感阳春兮思慈亲，欲一见兮路无因"，思念亲人，却无法再见亲人之面，诗人心中充满痛苦和悲情。"心穷约兮但有悲，上空堂兮廓无依，睹遗物兮心崩摧。中夜悲兮当告谁，独抆泪兮抱哀戚。"春天的夜晚，诗人徘徊于空落落的屋内，睹物思亲，心如刀割，不由得涕泗横流。慈母已经去世了，还能够在谁面前撒一撒娇呢？诗人顾影自怜，心情悲痛，告诉无门，泪如雨倾。诗歌一唱三叹，把对母亲和兄长的思念写得委婉曲折，痛彻心扉。《幽愤诗》是述志与思亲主题兼而有之。嵇康因调节吕巽、吕安兄弟之间的矛盾，反被吕巽告发，锒铛入狱。诗歌开篇8句是嵇康对少年生活的回忆，流露出对已经去世的母亲和兄长的深深思念。"母兄鞠育，有慈无威。恃爱肆姐，不训不师"4句，写出了母兄对嵇康的抚育和宠爱，以及嵇康对母兄的深刻思念。"爰及冠带，凭宠自放"以下8句，是嵇康的自画像："抗心希古，任其所尚。托好老庄，贱物贵身。志在守朴，养素全真。曰余不敏，好善暗人。"嵇康仰慕古之高贤，不重身外之物，贵在自我养生，抱朴守拙，任情自然，乐于行善，不善交往。正是因为嵇康"好善暗人"，对他人不设防，没有提防人面兽心的吕巽，才堕入了吕巽的圈套，因吕安一案的牵连而入狱，结果是"欲寡其过，谤议沸腾。性不伤物，频致怨憎。昔惭柳惠，今愧孙登。内负宿心，外恶良朋"，身陷囹圄，遭受拷问。嵇康深感既对不起自己，又对不起朋友。到了这个时候，后悔也来不及了。"理弊患结，卒致囹圄。对答鄙讯，絷此幽阻。实耻讼冤，时不我与。虽曰义直，神辱志沮"，正是嵇康当时身陷囹圄之时境况的真实写照。嵇康天真地认为，案件审结后还能够"采薇山阿，散发岩岫。永啸长吟，颐性养寿"。可是没有想到，由于吕巽的构陷，钟会的谗言，司马昭最终对嵇康痛下杀手，行刑东市，结束了嵇康的生命。一生"好善暗人"的嵇康竟然是这样的结局，不免令人唏嘘！

　　嵇康的赠答诗写得很有情致。《赠兄秀才入军》是写给长兄嵇喜的。嵇喜年纪轻轻即举秀才，入军府，展现出光明的前景。嵇康的赠诗着眼于兄弟之情，以鸳鸯、黄鸟、佳人、鸣琴等为喻，反复咏叹兄弟手足之情，展望了兄长仕途的前景，让读者感受到了嵇康那浓浓的兄弟之情。《答二郭诗三首》作于山阳，主旨各不相同。其一是描述嵇康与郭遐周、郭遐叔兄弟的关系之作，"二郭怀不群，超然来北征"，赞扬二郭具有非凡的才能，表明二郭摆脱名利的诱惑，来山阳与嵇康相会。"乐道托莱庐，雅志无所营。良时遘其愿，遂结欢爱情"四句，表明嵇康与二郭能够成为好朋友，是基于共同的志趣和爱好。其二是自述身世和志趣之作，嵇康讲述了自己的少年生活，表达了对"遗物弃鄙累，逍遥游太和。结友集灵岳，弹琴登清歌"生活的向往。其三描写生活的困顿、世事的险恶和官场的不堪，表达了嵇康坚持不懈的追求："至人存诸己，隐璞乐玄虚。"《与阮德如诗》是嵇康在"含哀还旧庐，感切伤心肝"心境下的作品。诗人既有"既面俟旧欢"的喜悦，亦有"念隔怅忧叹"的感慨，更有对"荣名秽人身，高位多灾患"的忧虑，最终归于"未若捐外累，肆志养浩然"的超然。

　　嵇康的游宴之作在移步换景的同时，也表现出强烈的处世之想。《酒会诗》应是嵇康参与齐王曹芳在华林园举行的酒会而作的。诗歌描绘了华林园的繁盛与豪奢、射猎垂钓的欢乐、赏乐饮酒的惬意。可是，如此欢快的酒会，不但无法牵系诗人之心，反而激发出其对隐逸生活的向往。"斯会岂不乐，恨无东野子。酒中念幽人，守故弥终始"，表明诗人在参加酒会之时就已经心存世外了。《游仙诗》作为一种诗歌题目而出现，是从曹丕开始的。游仙诗的主旨大多是表达企慕仙道之意，诚如李善《文选注》所说："凡游仙之篇，皆所以滓秽尘网，锱铢缨绂，餐霞倒景，饵玉玄都。"嵇康《游仙诗》虽然属于游仙一类，但诗歌并没有"滓秽尘网，锱铢缨绂"，也没有对神仙之道流露出过多的企慕，诗歌着重表现的是对老庄的皈依，对养生的追求，通篇流露出任情自然之意，与述志诗有其内在的一致性。

嵇康的诗歌以四言诗和五言诗为主，也以四言诗和五言诗成就为高。前述《五言古意》《述志诗》和与二郭、阮德如的赠答诗，都是五言诗。钟嵘评嵇康五言诗，虽然说其诗有"过为峻切，讦直露才，伤渊雅之致"之弊，但也承认嵇康诗歌"托喻清远，良有鉴裁，亦未失高流矣"（钟嵘《诗品》）。嵇康的《幽愤诗》是四言长诗，《赠兄秀才入军》和《秋胡行》是四言组诗。这些四言诗都是魏晋时期四言诗歌的典范之作。《秋胡行》七首属于哲理诗，"富贵尊荣""贫贱易居""劳谦寡悔""役神者弊""绝智弃学"等诗章，都是讲述人生哲理的。嵇康亦擅长六言诗，有《六言诗十首》，其中咏赞尧舜、唐虞、东方朔、楚子文、老莱妻、原宪等古代高贤的有六首，其他四首与《秋胡行》一样，都属于哲理诗。如《名行显患滋》："位高势重祸基，美色伐性不疑。厚味腊毒难治，如何贪人不思？"完整的六言诗始于"建安七子"之一的孔融。孔融之后，嵇康从句式和用韵等方面将六言诗规范化，使之成为一种比较成熟的诗歌体式，促进了六言诗的发展。

四

嵇康是魏晋时期文章大家。嵇康文章存世者，除《琴赋》外，尚有《与山巨源绝交书》《与吕长悌绝交书》《卜疑》《养生论》《答向子期难养生论》《声无哀乐论》《释私论》《管蔡论》《明胆论》《难自然好学论》《难宅无吉凶摄生论》《答释难宅无吉凶摄生论》《太师箴》《家诫》等十四篇。这些文章大抵可以分为三类：一是与曾经的朋友的绝交书；二是以老庄思想为指归探讨魏晋玄学问题的论说文；三是以人生和历史经验劝诫世人的箴言家训。

嵇康的两篇绝交书堪称魏晋奇文。早在嵇康之前，东汉朱穆已有《与刘伯宗绝交书》，是以书信的形式与友人绝交。其文云："昔我为丰令，足下不遭母忧乎？亲解缞绖，来入丰寺。及我为持书御史，足下亲来入台。足下今为二千石，我下为郎，乃反因计吏以谒相与。足下岂丞尉之徒，我岂足下部民，欲以此谒为荣宠乎？咄！刘伯宗于仁义道何其薄哉！"绝交书指责刘伯宗未发达时，两次亲自求见朱穆，而刘伯宗做了二千石的官之后，竟然倨傲起来，派手下人去见之前的恩人，朱穆因此愤然与之绝交。嵇康的《与山巨源绝交书》是写给山涛的。山涛是"竹林七贤"之一，其家乡怀县（治今河南武陟县西南）距离嵇康寓居地山阳不远。因为和嵇康是老朋友，山涛由赵国相升任尚书吏部郎，举荐嵇康代替他。嵇康认为山涛太不了解他的志趣和爱好了，于是写了这篇《与山巨源绝交书》。嵇康先定位了和山涛的关系，称"吾直性狭中,多所不堪,偶与足下相知耳",接下来对山涛举荐他表明了态度:"间闻足下迁,惕然不喜,恐足下羞庖人之独割,引尸祝以自助,手荐鸾刀,漫之膻腥。"意思是说山涛既然不愿意做"手荐鸾刀,漫之膻腥"之事,就不要把他拉进来作为替身了。嵇康首先说明了自己遵从的处世原则,即"君子百行,殊途而同致。循性而动,各附所安",明确指出自己师法老庄,任情自然,率性而为,志在长林丰草。继而他以阮籍为例,说明像阮籍那样"口不论人过"的人,置身官场尚且受到礼法之士的攻击陷害,而自己"不如嗣宗之资,而有慢驰之阙。又不识人情,暗于机宜,无万石之慎,而有好尽之累。久与事接,疵衅日兴,虽欲无患,其可得乎?"嵇康陈述了自己不愿为官的理由,那就是著名的"必不堪者七,甚不可者二",其要旨是"人伦有礼,朝廷有法",而自己任情率性,难以接受官场和社会的约束,不仅根本无法适应,而且必然会发生冲突。尤其是"甚不可者二",更是为礼法社会所不容:"每非汤、武而薄周、孔,在人间不止此事,会显世教所不容,此甚不可一也;刚肠疾恶,轻肆直言,遇事便发,此甚不可二也。"在这种情况下,如果逼迫他出仕,那就是"无事冤之,令转于沟壑也"。其意思是你无辜冤枉我,这是逼迫我去死啊!这话说得够狠的。不仅如此,嵇康还追加一句"自非重怨,不至于此也"。如果不是彼此有非常沉重的怨气,是不至于做出这样的事情的。这就是把山涛举荐嵇康的动机给恶意化了。紧接着,嵇康又补了一刀:"野人有快炙背而美芹子者,欲献之至尊,虽有区区之意,亦已疏矣。愿足下勿似之。"山野之人把在太阳下晒背作为快意之事,把芹菜作为最好的食物,他们想把这些献给君主,虽然出自真心,但是却不切实际。嵇康希望山涛不要像山野之人那样。最后,嵇康明确表示"既以解足下,并以为别",表达了断然绝交之意。

《与吕长悌绝交书》是写给吕巽的。嵇康调解吕巽、吕安兄弟矛盾,并从中作保,平息了吕安的怒气。孰料吕巽背信弃义,恶人先告状,反诬吕安不孝,吕安因此被捕入狱。嵇康对吕巽言而无信深表愤怒,愤然与之绝交。嵇康与吕巽原是好朋友,所谓"数面相亲,足下笃意,遂成大好,由是许足下以至交"。因为与吕巽是好朋友,嵇康认识了吕巽的弟弟吕安,并对吕安的才华十分欣赏。然而,吕巽人面兽心,见吕安之妻貌美而起意,竟然不顾纲常人伦,强奸了弟媳。吕安咽不下这口气,准备告发。吕巽于是求嵇康从中调停,并立下重誓。嵇康不想让其家丑外扬,相信了吕巽,好说歹说才做通吕安的工作。这就是文中所说"惜足下门户,欲令彼此无恙也。又足下许吾终不击都,以子父六人为誓。吾乃慨然感足下,重言慰解都,都遂释然,不复兴意"。然而,事情平息之后,吕巽"阴自阻疑,密表击都,先首服诬都",向官府告发吕安,说吕安掌掴母亲,是大不孝之人。司马昭主张以孝治天下,吕安竟敢如此对待母亲,触犯了大忌,于是派人把吕安抓了起来,投进监狱候审。嵇康得知这一情况,对吕安深感愧疚,在绝交书中愤然写道:"都之含忍足下,实由吾言。今都获罪,吾为负之。吾之负都,由足下之负吾也。"正是因此,嵇康"怅然失图",没有心情再与吕巽相来往。嵇康颇有君子之风,绝交不出丑言恶语,仅是表示"从此别矣"。嵇康与山涛绝交,随处可见讽刺挖苦之语,可谓嬉笑怒骂皆成文章。这是因为他知道山涛也是君子,所以临刑时嘱咐儿子嵇绍说:"巨源在,汝不孤矣!"吕巽是言而无信、口蜜腹剑的小人，这样的人没有诚信，没有底线，得罪不得，嵇康只言绝交，却不出丑言，临别恨恨。《与吕长悌绝交书》文章不长，却写出了吕巽的狡狯奸诈，表现了吕安的淳厚仁慈，道出了嵇康的悔恨无奈，勾画了嵇康散文的别样景致。

  嵇康的论说文，不论是阐释老庄哲学和阐述养生之道，还是评论历史人物，讨论宅之吉凶、声之哀乐，皆崇尚自然，主张少私寡欲，任情自然，以老庄思想为指归。《养生论》首先阐明"形恃神以立，神须形以存"的辩证关系，接着说明世人不懂养生之道，"五谷是见，声色是耽，目惑玄黄，耳务淫哇"，伤生害性，导致中道夭伤。善于养生的人都明白名位伤德、厚味害性的道理，因而注重自身修养，像老子所说的那样，清虚静泰，少私寡欲，无为自得，体妙心玄，以达到"忘欢而后乐足，遗生而后身存"的养生目标。在《答向子期难养生论》中，嵇康把名利、喜怒、声色、滋味和神虑精散视为养生五难。养生五难事若不存于心，就会"信顺日济，玄德日全，不祈喜而有福，不求寿而自延"。嵇康的其他论说文大抵如此，都是以老庄思想为指归，阐释和解说玄理。如《声无哀乐论》主张和谐，"曲变虽众，亦大同于和"，"随曲之情尽于和域"，而音乐则是"和之所感，莫不自发"。《释私论》认为，公私是成败之途，吉凶之门，"私以不言为名，公以尽言为称；善以无名为体，非以有措为负"，"多吝有非，无措有是。然无措之所以有是，以志无所尚，心无所欲，达乎大道之情，动以自然，则无道以至非也"，既以老庄思想为指归，又把对"私"的阐释纳入到老庄思想的范畴。即使是《管蔡论》这一评价管蔡之乱历史公案的文章，嵇康也能独出心裁。传统观点以周文王、周武王和周公为三圣。

嵇康认为，管叔和蔡叔"服教殉义，忠诚自然"，周文王把他们置于很显要的地位，周武王和周公对他们加以重用。如果说三圣圣明，那么被三圣重用的管叔和蔡叔就不是恶人；如果管叔和蔡叔是恶人，那么三圣就不圣明。嵇康评价管蔡，拈出"自然"二字，表明老庄思想对嵇康的深刻影响。《难自然好学论》属于驳难类文章，表面上是批驳人们自然好学的观点，实际上是批判以六经为代表的儒家思想，是非常明显的"非汤、武而薄周、孔"。嵇康"以六经为芜秽，以仁义为臭腐"，以为"向之不学，未必为长夜，六经未必为太阳也"。《难宅无吉凶摄生论》和《答释难宅无吉凶摄生论》是与阮德如的论难之作。嵇康出入老庄，针对吉凶宅相观点，与阮德如反复辩难。如"仰准阴阳，俯协刚柔，中识性理，使三才相善，同会于大通，所以穷理而尽物宜也"，都是以老庄思想为准鹄。

《太师箴》和《家诫》是嵇康文中值得注意的两篇文章。《太师箴》讲述鸿蒙开辟和社会演进，完全遵循老子《道德经》。嵇康认为，"君道自然，必托贤明"，自羲皇以至尧舜，皆是如此。然而，尧舜之后，"下逮德衰，大道沉沦。智惠日用，渐私其亲。惧物乖离，攘臂立仁。利巧愈竞，繁礼屡陈。刑教争施，夭性丧真"。有感于尧舜以下人心不古、世风日下的局面，嵇康的解决良方是"唯贤是授"，并希望"穆穆天子，思闻其愆。虚心导人，允求谠言"。《家诫》是嵇康教育儿子如何为人处世的训诫文。他教导儿子首先要立志，"人无志，非人也"。立志还要守志，要"口与心誓，守死无二"。他还告诫儿子如何待上，如何立身行事，如何与人交谈，如何参加宴会，如何处理公私矛盾，等等。嵇康的《家诫》循循善诱，情深意挚，成为后世家风家训中的名篇。

五

  嵇康人品既高,词采雅赡,一向为时人和后人所称道。嵇康作为竹林之游的主持者,和阮籍、山涛、向秀、刘伶、阮咸、王戎等人被称为"竹林七贤",他们游于嵇公竹林,饮酒唱和,肆意酣畅,把臂言欢,不仅留下了许多华章,而且深得时人和后人的好评。

  嵇康的人格魅力得到了同时代人的高度评价。竹林七贤中的山涛、向秀、王戎等人对嵇康甚为推崇,山涛称赞"嵇叔夜之为人也,岩岩若孤松之独立;其醉也,傀俄若玉山之将崩"(《世说新语·容止第十四》)。向秀《思旧赋序》认为嵇康有"不羁之才","志远而疏"。王戎对嵇康非常推崇,称"与嵇康居二十年,未尝见其喜愠之色"(《世说新语·德行第一》)。嵇喜对嵇康这位弟弟喜爱有加,称赞他"少有俊才,旷迈不群,高亮任性,不修名誉,宽简有大量。学不师授,博洽多闻,长而好老庄之业,恬静无欲"。与嵇康有嫌隙的钟会也认为"嵇康,卧龙也"。著名隐士孙登评价嵇康是"性烈而才隽",王烈则认为嵇康"志趣非常"(房玄龄等《晋书》)。后人对嵇康的评价,以袁宏和傅亮之评值得注意。东晋史学家袁宏《七贤序》认为,嵇康"遭外之情,最为高绝,不免世祸,将举体秀异,直致自高,故伤之者也"。南朝宋傅亮像袁宏一样,既赞赏嵇康高洁不群的性格,又为嵇康遭到构陷而惋惜,他说:"夫以嵇子之抗心希古,绝羁独放,五难之根既拔,立生之道无累,人患殆乎尽矣。徒以忽防于钟吕,肆言于禹汤,祸机发于豪端，逸翮铩于垂举。"（沈约《宋书·傅亮传》）比较而言，颜延之的诗歌《嵇中散》对嵇康的评价最为中肯："中散不偶世，本自餐霞人。形解验默仙，吐论知凝神。立俗迕流议，寻山洽隐沦。鸾翮有时铩，龙性谁能驯？"颜延之把嵇康视作神仙中人，虽然有时会遭到挫折，但其桀骜不驯的性格是无法改变的。正是这样的个性给嵇康带来了牢狱之灾，使之最终走向不归之路。

对于嵇康，后世亦不乏批评者。批评者主要针对的是嵇康、阮籍等人的狂放任诞之行为。元代史学家郝经认为，嵇康、阮籍之流"蔑弃礼法，褫裂衣冠，糠秕爵禄，污秽朝廷，婆娑偃蹇，遗落世故，颠颠痴痴，心死病狂，乃敢菲薄汤武，至于败俗伤化，大害名教"（郝经《郝氏续后汉书》）。明代学人杨慎认为，狂放之风由来已久，此风一降为庄子、列子，再降为嵇康、阮籍。何良俊对嵇康、阮籍任情率性之行为也持批评态度，他说："自东汉尚清名，好为诡激之行。魏晋以来，又喜言庄老，一时如嵇阮辈，以率情任性为得大道之本。其后阮孚、谢鲲之徒咸共祖述，浸以成风。"（何良俊《何氏语林》）清人阎若璩则从谈玄清议的角度批评嵇康、阮籍等人，认为"清谈之风，一盛于王何，再盛于嵇阮，三盛于王乐，而晋亡矣"（《潜邱札记》）。后人在反思魏晋灭亡的原因时，总是把魏晋士人崇尚清谈作为原因之一。东晋学人范宁著《王何论》，认为王弼、何晏"蔑弃典文，不遵礼度，游辞浮说，波荡后生。饰华言以翳实，骋繁文以惑世"，"遂令仁义幽沦，儒雅蒙尘，礼坏乐崩，中原倾覆"（房玄龄等《晋书·范宁传》）。东晋桓温北伐时，与众僚属登平乘楼，远眺中原，感慨道："遂使神州陆沉，百年丘墟，王夷甫诸人不得不任其责！"范宁和桓温对王弼、何晏与王衍、乐广等人的批评，为阎若璩批评魏晋清谈提供了依据，所以，他先抨击王弼、何晏，再抨击嵇康、阮籍，最后抨击王衍、乐广，其结论则是"而晋亡矣"。后人所说的"清谈误国"，往往也是由此而来。

嵇康是魏晋之际文章大家，其文学成就受到历代批评家的高度重视。南朝梁诗歌批评家钟嵘《诗品》评价嵇康诗"托喻清远，良有鉴裁，亦未失高流矣"。刘勰《文心雕龙》则把嵇康和阮籍相提并论，指出"嵇康师心以遣论，阮籍使气以命诗，殊声而合响，异翮而同飞"。他认为，"叔夜俊侠，故兴高而采烈"。元人陈绎《诗谱》曾继承了刘勰"嵇康师心以遣论"之说，认为嵇康诗文因其"人品胸次高"而皆"自然流出"。明代诗家王夫之《古诗评选》对嵇康诗歌进行比较，认为嵇康是四言诗要优于五言诗，指出："中散五言颓唐，不成音理，而四言居胜。"清人陈祚明与王夫之有不同看法，他认为："叔夜诗实开晋人之先，四言中饶隽语，以全不似《三百篇》，故佳。五言句法初不矜琢，乏于秀气。"他还认为，嵇康"衷怀既然，文笔亦尔。径遂直陈，有言必尽"（《采菽堂古诗选》卷八）。

嵇康是魏晋之际的文学家和思想家。嵇康的诗文既是其任情自然和率真耿直性格的表现，又生动形象地描绘了其人生经历和心路历程。尤其是其诗歌，大多抒写诗人对自然、社会、人生的认知和感受，抒发个人的喜怒哀乐，表现与兄弟、同好、友人的交往与情谊。嵇康是王弼、何晏之后魏晋玄学的代表人物。他服膺老庄，任情自然，蔑视礼教，与阮籍一道推进了玄学思想在魏晋之际的发展，并对两晋玄学产生了深刻影响。

斯人已逝。要认识和了解魏晋之际特立独行的嵇康，需要知人论世，从《世说新语》有关嵇康的记载和《晋书·嵇康传》认识嵇康其人，需要通过嵇康的诗文了解嵇康其人。这本《嵇康诗文选》或许可以帮助您通过嵇康严谨峻切而又不失华彩的诗文，了解嵇康独特的人生经历，感悟嵇康独具的人格特色，从而引导您走进嵇康的文学园地和精神世界。

《嵇康诗文选》选录的嵇康诗文，系据卫绍生辑校、中州古籍出版社出版的《〈竹林七贤集〉辑校》之《嵇康集》选录。原文有缺字而又无他本可补者，以"□"代之；补录之字句，则加"〔 〕"括号标示，并加校记说明，以方便读者阅读。

目 录

诗歌

五言古意一首 ·· 2
赠兄秀才入军十八首 ··· 3
幽愤诗一首 ·· 16
述志诗二首 ·· 19
游仙诗一首 ·· 22
六言诗十首 ·· 24
秋胡行七首 ·· 33
思亲诗一首 ·· 41
答二郭诗三首 ··· 43
与阮德如诗一首 ·· 48
酒会诗一首 ·· 51
四言诗十一首 ··· 53
五言诗三首 ·· 65

散文

与山巨源绝交书 …… 72
与吕长悌绝交书 …… 81
养生论 …… 84
答向子期难养生论 …… 90
声无哀乐论 …… 106
释私论 …… 125
管蔡论 …… 133
明胆论 …… 137
难自然好学论 …… 142
难宅无吉凶摄生论 …… 146
答释难宅无吉凶摄生论 …… 155
太师箴 …… 165
家诫 …… 169

附录

晋书·嵇康传 …… 178
《世说新语》有关嵇康的文献 …… 182

诗歌

五言古意一首

双鸾匿景曜[1]，戢翼太山崖[2]。抗首漱朝露[3]，晞阳振羽仪[4]。长鸣戏云中，时下息兰池。自谓绝尘埃，终始永不亏。何意世多艰，虞人来我维[5]。云网塞四区，高罗正参差[6]。奋迅势不便，六翮无所施[7]。隐姿就长缨，卒为时所羁。单雄翩独逝，哀吟伤生离。徘徊恋俦侣，慷慨高山陂。鸟尽良弓藏，谋极身必危。吉凶虽在己，世路多险巇[8]。安得反初服[9]，抱玉宝六奇[10]。逍遥游太清，携手长相随。

【注释】

[1]鸾：传说凤凰一类的鸟。通常鸾凤并称。匿景曜：藏匿华丽耀眼的身影。 [2]戢：收敛，收藏。太山：即泰山。 [3]抗首：举首，仰着头。 [4]晞阳：晒太阳。晞，曝、晒。羽仪：翼翅。 [5]虞人：掌管山泽苑囿的官员。维：系。引申为捕捉。 [6]高罗：高高的罗网。参差：高低不齐。 [7]六翮：鸟类双翅中的正羽。此处指鸟的双翅。 [8]险巇：形容山路危险，此处意指世路艰难。巇，险恶，险峻。 [9]反初服：重新开始。初服，本义是当初的衣服，引申为开始。 [10]抱玉：怀玉。比喻满怀才学。《道德经》第70章："是以圣人被褐怀玉。"六奇：原指西汉陈平六次为刘邦出奇谋，帮助刘邦取得胜利。此处用以比喻出奇制胜的谋略。

【点评】

　　明人吴宽抄本《嵇康集》题署此诗为《五言古意一首》，黄省曾本则把这首诗歌作为《赠兄秀才入军十九首》的第一首。《赠兄秀才入军》其余十八首皆是四言诗，把一首五言诗与十八首四言诗放在一起，显然有些另类。诗歌以鸾凤喻兄弟，以"双鸾匿景曜，戢翼太山崖"开篇。接下四句"抗首漱朝露，晞阳振羽仪。长鸣戏云中，时下息兰池"，进一步描写了兄弟二人出仕之前远离尘世、逍遥自在的生活状态。然而，意想不到的事情发生了，兄长被举为秀才，由秀才而从军，进入尘网之中，为世俗所羁绊。世事艰险，吉凶莫测，让诗人为从军的兄长担忧不已。到了这个时候，诗人不由得生出了"安得反初服，抱玉宝六奇"的感慨，对当年"逍遥游太清，携手长相随"的生活表现出深情的向往。"安得反初服，抱玉宝六奇"之句，颇有后悔露才于世的味道，与老子主张的"被褐怀玉"异曲同工。

赠兄秀才入军十八首

其一

　　鸳鸯于飞[1]，肃肃其羽[2]。朝游高原，夕宿兰渚[3]。邕邕和鸣[4]，顾眄俦侣[5]。俯仰慷慨，优游容与[6]。

【注释】

　　[1]鸳鸯：野鸭类水鸟，雌雄相配。鸳为雄，鸯为雌。传说鸳鸯雌雄

偶居不离,被称为"匹鸟"。诗人此处用鸳鸯比喻兄弟。　[2]肃肃:鸳鸯抖动翅膀的声音。　[3]兰渚:生长着兰草的水中小洲。　[4]邕邕:即噰噰,鸳鸯的和鸣声。　[5]顾眄:用眼睛的余光斜着看。眄,斜着眼看。　[6]优游:悠闲自得的样子。容与:从容闲适之貌。

其二

　　鸳鸯于飞,啸侣命俦。朝游高原,夕宿中洲[1]。交颈振翼[2],容与清流。咀嚼兰蕙[3],俯仰优游。

【注释】

　　[1]中洲:水中的沙洲。　[2]交颈:颈与颈相互依摩,为雌雄动物之间的一种亲昵举动,也用以表示夫妻恩爱、男女亲昵。振翼:抖动翅膀。　[3]兰蕙:兰草和蕙草。二者都是香草,通常用以比喻贤者。

【点评】

　　其一和其二以"鸳鸯于飞"起兴,用鸳鸯比喻兄弟,形象地表现了嵇康和兄长亲密无间的感情,叙写了兄弟二人既自由自在、悠游闲适,又高洁雅致、不同凡俗的生活,让读者感受到了嵇康和其兄长深沉真挚的手足之情。

其三

　　泳彼长川,言息其浒[1]。陟彼高冈[2],言刈其楚[3]。嗟我征迈[4],独行踽踽[5]。仰彼凯风[6],泣涕如雨。

【注释】

[1]浒：水边。指离水面稍远一些的岸上平地。 [2]陟：登高。 [3]刘：割。楚：又名牡荆，灌木名。 [4]迈：远行。 [5]踽踽：孤身独行、无依无靠的样子。 [6]凯风：南风。出自《诗经·邶风·凯风》："凯风自南，吹彼棘心。棘心夭夭，母氏劬劳。"后以"凯风"代指感念母恩的孝子之心。

其四

泳彼长川，言息其沚[1]。陟彼高冈，言刈其杞[2]。嗟我独征，靡瞻靡恃[3]。仰彼凯风，载坐载起[4]。

【注释】

[1]沚：水中的小块陆地。 [2]杞：枸杞。落叶小灌木，其果实椭圆形，红色。果实和根皮可入药。 [3]靡：没有。瞻：向远处或高处看。与"恃"互文见义，意为依恃、依靠。 [4]载坐载起：一会儿坐下，一会儿站立。意为坐立不宁。

【点评】

其三、其四以"泳彼长川"起兴，回忆与兄长畅游长川、攀登高冈的快意往事。然而兄长从军之后，诗人颇感孤独，无论外出还是远行，都觉得无依无靠，孤苦伶仃。再看老母亲，对儿子从军也是深深不舍，不是流眼泪，就是坐立不宁，不知如何是好。诗歌以这种方式写出了嵇康对兄长的深深留恋与不舍。

其五

穆穆惠风[1],扇彼轻尘。奕奕素波[2],转此游鳞[3]。伊我之劳,有怀佳人[4]。寤言永思[5],实钟所亲[6]。

【注释】

[1]穆穆:柔和畅美。惠风:柔和的风。 [2]奕奕:亮光闪动的样子。素:白色。 [3]游鳞:游动的鱼儿。 [4]佳人:美人。此处指诗人的兄长嵇喜。 [5]寤:醒。永思:长久地思念。 [6]钟:集中,汇集。所亲:亲近之人。此处指嵇喜。

其六

所亲安在?舍我远迈。弃此荪芷[1],袭彼萧艾[2]。虽曰幽深[3],岂无颠沛[4]。言念君子,不遐有害[5]。

【注释】

[1]荪:又称荃,一种香草。芷:又称白芷,一种香草。 [2]袭:穿衣。萧艾:蒿草,又称艾蒿,一种有臭味的草。 [3]幽深:深远而幽静。此处指嵇喜从军。 [4]颠沛:四处漂泊,居无定所。 [5]不遐:不无。语出《诗经·邶风·二子乘舟》:"愿言思子,不瑕有害。"

【点评】

沐浴着柔和的春风,望着那波光粼粼中自由自在的游鱼,诗人感受到自然的美好，由此，触动了对兄长的思念。诗人只要一觉醒来，就会把所有的思绪集中在兄长身上，陷入长久的思念之中。诗人担心兄长放弃了美好的初衷，陷身于艾蒿一般的恶劣环境之中；担心兄长在军中颠沛流离，居无定所。这样的一种状态，怎么能够远离灾祸呢？其五和其六写出了诗人对兄长从军的深深忧虑。

其七

人生寿促[1]，天地长久。百年之期，孰云其寿？思欲登仙[2]，以济不朽[3]。缆辔踟蹰[4]，仰顾我友[5]。

【注释】

[1]寿促：生命短暂。 [2]登仙：升仙，进入神仙境界。 [3]济：渡。此处意为达到。 [4]缆辔：拉着马车（或牛车）的缰绳。缆，通"揽"。辔，马缰绳。踟蹰：徘徊不前的样子。 [5]我友：此处指嵇喜。

其八

我友焉之[1]？隔兹山冈。谁谓河广[2]？一苇可航[3]。徒恨永离，逝彼路长。瞻仰弗及[4]，徙倚彷徨[5]。

【注释】

[1]焉之：到哪里去？之，往。 [2]河广：黄河宽阔。黄河下游地区，河面变得宽阔起来。河，即黄河。广，宽阔。 [3]一苇：一捆芦苇。"谁谓河广"二句，出自《诗经·卫风·河广》，意思是：谁说黄河宽阔？

一捆芦苇就可以渡过去。这里反其义而用之。 [4]弗及：不能达到。此处意谓兄弟相隔的路途遥远，根本看不到头。 [5]徙倚彷徨：是走是停，犹豫不定。徙倚，行走和站立。徙，迁移。此处意为行走。

【点评】

诗人感慨人生短暂，更加珍惜兄弟之情，准备驾车去看望兄长。可是，当他拿起缰绳的时候，却又犹豫不定。因为诗人不知道兄长现在在哪里，所以他想去看望比渡过黄河还要艰难。兄弟分别的路看不到尽头，究竟是该驾车前行，还是停下来，诗人却是拿不定主意。诗歌写诗人想去看望兄长，却不知道兄长在哪里，不知道该往哪里去，表达了诗人对兄长的殷殷之情和深切思念。

其九

良马既闲[1]，丽服有晖。左揽繁弱[2]，右接忘归[3]。风驰电逝，蹑景追飞[4]。凌厉中原[5]，顾盼生姿。

【注释】

[1]闲：本义为闲暇，此处指骏马。《汉书·百官公卿表上》有"龙与闲驹"的记载。 [2]繁弱：古代一种良弓名。 [3]忘归：古代一种良箭名。《公孙龙子·迹府》有"楚王载繁弱之弓，忘归之矢，以射蛟兕于云梦之圃"的记载。 [4]蹑景追飞：形容速度极快。蹑景，追踪日影。蹑，追踪。景，日影。 [5]凌厉：凌空高飞。中原：原野之中。

【点评】

诗人回忆与兄长一起在原野纵马驰骋、射猎野物的情景,写出了兄弟之间融洽和谐的关系。

其十

携我好仇[1],载我轻车。南凌长阜[2],北厉清渠。仰落惊鸿[3],俯引渊鱼[4]。盘于游田,其乐只且[5]。

【注释】

[1]好仇(qiú):好伙伴。此处指嵇喜。 [2]凌:越,越过。阜:土山。 [3]落:射落。 [4]引:钓起。 [5]"盘于"二句:语出张衡《西京赋》:"盘于游畋,其乐只且。"意谓沉湎于出游打猎,其乐融融。盘,盘旋。引申为沉湎于。游田,出游打猎。只且,语气词,表示感叹。

【点评】

这首诗歌也是诗人的回忆追述之作,叙写诗人与兄长驾车游乐的快乐往事。他们翻越南面的土山,渡过北边的清渠,仰射飞鸟,俯钓游鱼,其乐融融。

其十一

凌高远眄,俯仰咨嗟[1]。怨彼幽絷[2],邈尔路遐[3]。虽有好音,谁与清歌?虽有姝颜[4],谁与发华[5]?仰讯高云[6],俯托轻波。乘流远遁,抱恨山阿[7]。

【注释】

[1]咨嗟：叹息。 [2]幽絷：囚禁。此处意为兄长从军之后难得自由，像被囚禁了一样。 [3]邈迩路遐：此句意谓和嵇喜的距离不论远近，都让人感到很遥远。邈迩，远近。路遐，路远。 [4]姝颜：姣好美丽的容颜。 [5]发华：发现和欣赏美丽的仪容。华，此处指女子美丽的仪容。 [6]讯：告诉。 [7]抱恨山阿：此句指诗人远眺所攀登的小山丘。恨，遗憾。山阿，小山丘。

【点评】

此诗叙写诗人对兄长的思念。诗人登上山丘远眺，希望能够看见兄长的身影。但是，他失望了，不由得感叹起来。兄长在远方从军，路途遥远，虽然有好的歌声，但没有人一起歌唱；虽然有美丽漂亮的女子，但没有人一起欣赏。诗人问苍天，问流水，找不到答案。面对流水和山丘，诗人只有深深的遗憾。

其十二

轻车迅迈[1]，息彼长林[2]。春木载荣，布叶垂阴[3]。习习谷风[4]，吹我素琴[5]。交交黄鸟[6]，顾俦弄音。感悟驰情，思我所钦[7]。心之忧矣[8]，永啸长吟。

【注释】

[1]迅迈：迅捷，快速。 [2]息：止，止于。长林：茂密的树

林。　[3]垂阴：层层树叶遮挡成荫。　[4]习习谷风：出自《诗经·小雅·谷风》。谷风，东风。长江以北地区春天多东风。　[5]素琴：不加装饰的琴。　[6]交交黄鸟：出自《诗经·秦风·黄鸟》。交交，鸟的鸣叫声。黄鸟，黄雀。　[7]所钦：所钦敬的人。这里指嵇喜。　[8]心之忧矣：心中充满忧伤。《诗经》中多"心之忧矣"句，《诗经·邶风·柏舟》有"心之忧矣，如匪浣衣"句，《诗经·卫风·有狐》有"心之忧矣，之子无裳"等句。

【点评】

　　三春时节，诗人驾车出游，看到树木生长，绿叶茂密，东风吹拂，听到树林中黄雀鸣叫，不由得触动了思念兄长的情怀，忽然生出忧伤的感情。无奈之际，诗人只有仰天长啸，以排遣胸中的忧伤。

其十三

　　浩浩洪流[1]，带我邦畿[2]。萋萋绿林[3]，奋荣扬晖。鱼龙瀺灂[4]，山鸟群飞。驾言出游，日夕忘归。思我良朋[5]，如渴如饥[6]。愿言不获，怆矣其悲[7]！

【注释】

　　[1]洪流：此处指黄河。　[2]带：像条带子一样环绕着。邦畿：原指王城及其所属千里之内近郊的区域。此处应是指当时的京师洛阳。　[3]萋萋：草木茂盛的样子。　[4]瀺灂（chán zhuó）：水声，此处指成群的鱼儿在水中游动跳跃发出的声音。　[5]良朋：好朋友。此处

指嵇喜。　[6]如渴如饥：形容心情十分急迫。　[7]怆：悲伤。

【点评】

诗歌以浩浩荡荡的黄河之水、生长茂盛的林木、跃动的鱼儿和群飞的山鸟，比喻诗人对兄长如饥似渴的思念之情，表现了诗人因长久的思念无法释怀而生出的无限悲伤。

其十四

息徒兰圃[1]，秣马华山[2]。流磻平皋[3]，垂纶长川[4]。目送归鸿，手挥五弦[5]。俯仰自得，游心太玄[6]。嘉彼钓叟，得鱼忘筌[7]。郢人逝矣[8]，谁与尽言？

【注释】

[1]息：止，停留。徒：仆从。兰圃：生长着兰草的园地。　[2]秣马华山：意谓在华山上放马食草。秣马，喂马。　[3]流磻（bō）：练习射箭。磻，系在箭身丝绳上的小石块。平皋：水边较为平展的地块。　[4]垂纶：垂钓。纶，粗丝线。　[5]五弦：琴。相传五弦琴乃神农所造。　[6]太玄：虚无玄奥之境。　[7]得鱼忘筌：游心于虚无玄奥之境而忘记了身边的一切。语出《庄子·外物》："筌者所以在鱼，得鱼而忘筌；蹄者所以在兔，得兔而忘蹄。"　[8]郢人：楚都郢地之人。此处以郢人代指嵇喜，意谓嵇喜已经从军去了。

【点评】

此诗通过场景的转换,表达诗人对兄长无时无处不在的思念之情。尤其是看到那痴迷于垂钓的老人,诗人在感慨钓者能够进入忘我之境的同时,更萌生出对兄长的强烈思念,感慨自己满腹的话不知向谁倾诉。

其十五

闲夜肃清[1],朗月照轩[2]。微风动袿[3],组帐高褰[4]。旨酒盈樽[5],莫与交欢。鸣琴在御[6],谁与鼓弹?仰慕同趣,其馨若兰[7]。佳人不存[8],能不永叹?

【注释】

[1]闲夜:安静的夜晚。肃清:肃穆而清朗。 [2]轩:有窗户的长廊。 [3]袿:衣服的袖子。 [4]组帐:华美的帷帐。褰:撩起,揭起。 [5]旨酒:美酒。《诗经·小雅·鹿鸣》:"我有旨酒,以燕乐嘉宾之心。" [6]鸣琴:琴。在御:意谓在旁边。御,驾驭。 [7]馨:芬芳,芳香。 [8]佳人:美人。此处指嵇喜。

【点评】

在一个月明风清、微风吹拂的夜晚,诗人夜不能寐。微风吹动衣袖,华美的帷帐高高撩起。美酒盈樽,无人同饮。鸣琴在侧,无人弹奏。诗人仰慕的人,志趣相投,道德高尚。可是,这样一个人却远在异乡,不在身边。诗人不由得悲从中来,仰天长叹。

其十六

乘风高逝,远登灵丘[1]。托好松乔[2],携手俱游。朝发太华[3],夕宿神州[4]。弹琴咏诗,聊以忘忧[5]。

【注释】

[1]灵丘:神仙居住的山。 [2]松乔:即赤松子和王子乔。赤松子,传说为神农雨师,一说为帝喾之师。王子乔,名晋,周灵王太子,后得道成仙。《淮南子·齐俗训》载:"今夫王乔、赤诵子,吹呕呼吸,吐故内新,遗形去智,抱素反真,以游玄眇,上通云天。" [3]太华:太华山,即今之华山。传说太华山也是神仙所居之地。 [4]神州:通常指中国。此处指神仙所居之州。 [5]聊:姑且。

【点评】

诗人假托灵丘、太华、神州等传说中的神仙之境,回忆当初与兄长携手畅游、弹琴咏诗的快乐时光,以此缓解对兄长的无尽思念。

其十七

琴诗自乐,远游可珍。含道独往[1],弃智遗身[2]。寂乎无累[3],何求于人?长寄灵岳,怡志养神[4]。

【注释】

[1]含道:胸怀大道。道,指老子所说的自然之道。 [2]弃智:放弃智慧。遗身:超然物外,忘记自我。 [3]寂:寂静,寂寥。无累:没

有世俗之事的烦扰。　[4]怡志：让精神感到愉快。

【点评】

　　这是一首故作旷达之语的诗歌。诗人思念兄长，却无由得见，故而"琴诗自乐"，在抚琴吟诗、驾车远游中寻求心灵的慰藉，在寄居灵岳中实现"怡志养神"。

其十八

　　流俗难悟[1]，逐物不还[2]。至人远鉴[3]，归之自然。万物为一，四海同宅。与彼共之，予何所惜！生若浮寄[4]，暂见忽终[5]。世故纷纭，弃之无成。泽雉虽饥[6]，不愿园林。安能服御，劳形苦心？身贵名贱，荣辱何在？贵得肆志[7]，纵心无悔。

【注释】

　　[1]流俗：世俗，指世上那些流于平庸的人。　[2]逐物：追求物欲的满足。不还：不知道回头。　[3]至人：道德完善之人。此指超凡脱俗、达到无我之境的人。远鉴：见识高远。　[4]生若浮寄：人生像浮萍一样无所寄托。浮寄，无所依托。　[5]暂见忽终：短暂现身，忽然就结束了，意谓人生短暂。见，现。　[6]泽雉：生长于沼泽地的野鸡。　[7]肆志：任情，随心所欲。

【点评】

　　这是一首讲述道家思想的诗歌。诗人深感世俗不明白人生短暂的道理，孜孜以求物质生活的满足,而不懂得自由的可贵。诗歌以野鸡为喻,说明野鸡即使饥饿,也不愿被关在园林中。人也是一样,自由非常可贵。如果为了追名逐利而失去自由,那么,身贵之日,也就是名贱之时。诗人认为,人生在世,"贵得肆志",不受拘束,纵情任性。嵇康一生都在追求这样的生活,但最终也没有追求到。

幽愤诗一首

嗟余薄祜[1],少遭不造[2]。哀茕靡识[3],越在襁褓[4]。母兄鞠育[5],有慈无威。恃爱肆姐[6],不训不师。爰及冠带[7],凭宠自放。抗心希古[8],任其所尚。托好老庄,贱物贵身。志在守朴,养素全真。曰余不敏[9],好善暗人[10]。子玉之败,屡增惟尘[11]。大人含弘,藏垢怀耻。民之多僻,政不由己。惟此褊心,显明臧否[12]。感悟思愆[13],怛若创痏[14]。欲寡其过,谤议沸腾。性不伤物,频致怨憎。昔惭柳惠[15],今愧孙登[16]。内负宿心,外恶良朋。仰慕严郑[17],乐道闲居。与世无营,神气晏如。咨余不淑,婴累多虞[18]。匪降自天,实由顽疏。理弊患结[19],卒致囹圄。对答鄙讯,絷此幽阻。实耻讼冤,时不我与。虽曰义直,神辱志沮。澡身沧浪[20],岂云能补?嗷嗷鸣雁,奋翼北游。顺时而动,得意忘忧。嗟我愤叹,曾莫能俦。事与愿违,遘兹淹留。穷达有命,亦又何求?古人有言,善莫近名[21]。奉时恭默,咎悔不生[22]。万石周慎[23],安亲保荣。世务纷纭,祗搅予情。安乐必诫,乃终利贞[24]。煌煌灵芝,一年三秀。予独何为？有志不就。惩难思复[25]，心焉内疚。庶勖将来[26]，无馨无臭。采薇山阿[27]，散发岩岫[28]。永啸长吟，颐性养寿。

【注释】

[1]薄祜：缺少福分。祜，福。 [2]不造：不幸。《诗经·周颂·闵予小子》："闵予小子，遭家不造。"此处指嵇康自幼丧父之事。 [3]茕：孤独。靡识：不知道。靡，不。 [4]襁褓：包裹婴儿用的被子和带子。此处指嵇康在婴幼儿时期。 [5]母兄：母亲和兄长。此处所说的兄长，应指嵇康《思亲诗》中所说的兄长，非指嵇喜。鞠育：抚育，养育。《诗经·小雅·蓼莪》："父兮生我，母兮鞠我。拊我畜我，长我育我。" [6]肆姐（jù）：娇纵。姐，娇。 [7]爰：于是。冠带：帽子和腰带。此指加冠束带，意谓男子的成人礼。 [8]抗心：谓高尚其志。希古：仰慕古人。 [9]不敏：不聪明。敏，聪明。 [10]暗人：暗于知人。意谓不善于与人打交道。 [11]"子玉之败"二句：意谓子玉的失败，让子文的好名声受到了影响。子玉，名得臣，春秋时期楚国大臣。因伐陈有功，被子文举荐，代子文为令尹。后于城濮（今山东鄄城县西南）为晋军所败。 [12]臧否：褒贬，评论。 [13]思愆：反思过错。愆，过错，过失。 [14]怛：忧伤，痛苦。创痏（wěi）：创伤。痏，因遭殴打而形成的创伤。 [15]柳惠：即柳下惠，春秋时期鲁国大夫展禽，是深受后人推崇的道德典范。 [16]孙登：字公和，号苏门先生，魏晋之际隐于苏门山中。嵇康曾经从之游三年。 [17]严郑：指汉代隐士严君平和郑子真。严君平，本名庄遵，字君平。隐于成都市井中，以卜筮为业。后人为避汉明帝刘庄讳，改庄为严，故又称其严遵或严君平。郑子

真，名朴，字子真，西汉末年人。隐居躬耕于谷口，不应征召，世称大隐。两人故事俱见《汉书》。　[18]婴累：多次触犯。婴，触犯。虞：忧患。　[19]理弊：处理弊案。此处指嵇康调解吕巽和吕安兄弟之间的纠纷之事。患结：结下祸患。　[20]沧浪：古水名。另有汉水、汉水别流、汉水下流、夏水等说法。《孟子·离娄上》载有《孺子歌》，其词曰："沧浪之水清兮，可以濯我缨；沧浪之水浊兮，可以濯我足。"此处取"沧浪之水清"之意。　[21]善莫近名：做善事不要求名。语出《庄子·养生主》："为善无近名，为恶无近刑。"　[22]咎悔：灾祸，灾患。班固《奕旨》有"隐居放言，远咎悔行"之语。　[23]万石（dàn）：指西汉大臣石奋。石奋官至九卿，俸禄二千石。他的四个儿子也都是二千石的高官。父子五人一年的俸禄达万石，因此人们称石奋为"万石君"。周慎：做事思虑周密而谨慎。　[24]利贞：和谐贞正。这里用《周易·乾卦》"乾，元亨利贞"之意，意为顺利、吉祥。　[25]惩难：以灾难为鉴戒。惩，鉴戒。思复：反复思考。意谓深刻反思。　[26]庶：庶几，或许可以。勖：勉励。　[27]薇：草名，又名野豌豆。嫩荚、嫩苗可食用。　[28]散发：披散头发。岩岫：山洞。

【点评】

　　这是嵇康最著名的一首四言诗。嵇康与吕巽、吕安兄弟原是好朋友，吕巽人面兽心，诱奸弟弟吕安的妻子。吕安准备告发哥哥吕巽，吕巽请嵇康居中调停，希望吕安能够饶了他，并保证今后不再发生类似的事情。嵇康为了吕氏兄弟的名声，说服了吕安，让吕安咽下了这口在常人看来难以咽下的恶气。事情平息后，吕巽恶人先告状，诬告吕安不孝，掌掴老母亲。

吕安因此下狱，嵇康也因受到吕安一案的牵连而被捕入狱。在狱中，嵇康回忆自己的人生经历和成长历程，思考了吕安一案的来龙去脉，悲愤难抑，愤而写下了这首《幽愤诗》。之所以名之为"幽愤"，而不称"悲愤"，是因为这种悲愤是无法说出的。如果他为自己辩护，就得把吕氏兄弟难以为人道的事情说出来。为了信守对吕安的承诺，嵇康只好把悲愤埋于心底，任凭吕巽、钟会等人栽赃陷害，罗织罪名。这就是诗中所说的"理弊患结，卒致囹圄。对答鄙讯，絷此幽阻"。尽管他"好善暗人""显明臧否"，容易招致非议，但还不至于被投入狱中。最终导致他身陷囹圄的原因是：他特立独行，享有高名，却又始终不愿与司马氏合作。吕安一案，仅是嵇康被捕入狱的一个由头而已。嵇康虽然被捕入狱，但他显然没有意识到问题的严重性。他还幻想着出狱之后，能够"采薇山阿，散发岩岫。永啸长吟，颐性养寿"。这一希望，也是嵇康"好善暗人"的生动注脚。

述志诗二首

其一

潜龙育神躯[1]，濯鳞戏兰池。延颈慕大庭[2]，寝足俟皇羲[3]。庆云未垂景[4]，盘桓朝阳陂[5]。悠悠非吾匹，畴肯应俗宜[6]。殊类难遍周，鄙议纷流离。憾轲丁悔吝[7]，雅志不得施。耕耨感宁越[8]，马席激张仪[9]。逝将离群侣，杖策追洪崖[10]。焦鹏振六翮[11]，罗者安所羁？浮游太清中，更求新相知。比翼翔云汉[12]，饮露餐琼枝[13]。多念世间人，凤驾咸驱驰[14]。冲静得自然，荣华安足为[15]？

【注释】

[1] 潜龙：潜藏隐身之龙。《周易·乾卦》有"潜龙勿用"之语，比喻贤才失时不遇，隐而未显。 [2] 延颈：伸长脖子。意谓向往、仰慕。大庭：即炎帝。炎帝号神农氏，又号大庭氏。 [3] 寝足：驻足。俟：等待。皇羲：即伏羲，华夏人文始祖，又作宓羲、庖牺、包牺、伏戏，亦称羲皇、牺皇、太昊。 [4] 庆云：五色云，祥瑞之兆。未垂景：祥云尚未出现。景，即景云，祥瑞之云。 [5] 盘桓：盘旋，徘徊。陂：山坡。 [6] 畴肯：一本作"圭步"。畴，谁。宜：相宜，适宜。 [7] 憾轲：坎坷。意谓境遇不顺。丁：遭遇。悔吝：灾祸。 [8] 耕耨：耕田除草，亦泛指耕种。宁越：战国时赵国人。初为农民，感慨农耕之苦而发奋读书，30岁时为周威王师。《吕氏春秋·不苟论》之《博志》载有宁越发奋读书的故事。 [9] 马席：以马鞍下的垫子作为席子给人坐，表示轻慢之意。张仪：战国时期纵横家，曾任秦相。张仪任秦相时，采取连横之策，瓦解苏秦的合纵之约，使之西面而事秦。《艺文类聚》卷六十九引《史记》有"苏秦激张仪令相秦，以马鞯席坐之"之语。"马席激张仪"句或本之。 [10] 洪崖：传说为远古时期的仙人。一说为黄帝大臣伶伦。传说尧的时候，洪崖居于西山，其时已三千岁。 [11] 焦鹏：传说中凤凰一类的神鸟。焦鹏，一本作"焦明"。 [12] 比翼翔云汉：此句出自曹操《善哉行》（其三）。云汉，高空。 [13] 琼枝：传说中的玉树。 [14] 凤驾：早起驾车出行。凤，早。 [15] "冲静"二句：曹操《善哉行》（其三）有"冲静得自然，荣华何足为"之句。冲静，淡泊宁静。

【点评】

嵇康信奉老庄，卓然独立。其志向亦超凡脱俗，表现出对自然之境的深情向往。他深知伏羲和炎帝等上古先贤无法企及，但诗人任情自然、特立独行的个性，又使他不可能与世俗同流合污。坎坷的人生，残酷的现实，使得诗人的人生追求一时难以实现。于是，诗人只好选择远离世俗，向远古先贤学习，独善其身，在隐居和持续的修身养性中达至冲静自然、淡泊名利之境，做一个超然世外之人。诗歌借用曹操《善哉行》中的诗句，抒发了淡泊自守、超然脱俗的高洁志向。

其二

斥鷃擅蒿林[1]，仰笑神凤飞。坎井蟾蛭宅[2]，神龟安所归[3]？恨自用身拙，任意多永思[4]。远实与世殊[5]，义誉非所希[6]。往事既已谬，来者犹可追[7]。何为人事间，自令心不夷[8]。慷慨思古人，梦想见容辉[9]。愿与知己遇，舒愤启其微[10]。岩穴多隐逸，轻举求吾师[11]。晨登箕山巅[12]，日夕不知饥。玄居养营魄[13]，千载长自绥[14]。

【注释】

[1]斥鷃：鷃雀。《庄子·逍遥游》有"斥鷃笑之曰"之语。擅：具有，占有。蒿林：蒿草林。 [2]坎井：废弃的浅井。蟾：蜉蟥。蛭：即水蛭，俗称蚂蟥。 [3]神龟：传说中有灵异的龟。 [4]永：长，长久。 [5]远实：远离客观现实。《周易·蒙卦》有"困蒙之吝，独远实也"

之语。　[6]义誉：名义上的荣誉，即虚名。希：希望。　[7]追：补救，挽回。语出《论语·微子》："往者不可谏，来者犹可追。"　[8]不夷：不平，不高兴。夷，平。　[9]容辉：仪容风采，神采光辉。语出《古诗十九首·凛凛岁云暮》："独宿累长夜，梦想见容辉。"　[10]启其微：开启道家思想精要。　[11]轻举：谓仙人飞升。此处指隐居求道。　[12]箕山：伏牛山系的一支，在今河南登封至禹州境内。传说尧之时的高士许由隐居箕山。后人遂以箕山为隐居之地的代名词。　[13]玄居：隐居。营魄：魂魄，精神。　[14]自绥：自安。绥，安抚。

【点评】

　　嵇康仰慕古代高贤，身在尘世，心存世外，常存出世之想。他成为曹操的孙女婿之后不久，即移居山阳，在南太行的山脚下住了下来。在这里，他修身养性，会晤宾朋，隐居求道。诗歌采用对比手法，以斥鷃、蜉蝣、水蛭和神凤、神龟为喻，描绘了两种不同的人生，表达了诗人对前世高隐的向往之情，流露出浓浓的隐居求志之想，抒发了"玄居养营魄，千载长自绥"的人生志向。诗歌出入老庄，以老庄思想为指归，所取物象多出自《庄子》，留下了老庄思想的深刻烙印。

游仙诗一首

　　遥望山上松，隆谷郁青葱[1]。自遇一何高，独立迥无双[2]。愿想游其下，蹊路绝不通[3]。王乔弃我去[4]，乘云驾六龙[5]。飘飖戏玄圃[6]，黄老路相逢[7]。授我自然道，旷若发童蒙[8]。采药钟山隅[9]，服食改姿容[10]。蝉蜕弃秽累[11]，结友家板桐[12]。临觞奏《九韶》[13]，雅歌何邕邕[14]。长与俗人别，谁能睹其踪？

【注释】

[1]隆谷：函谷关之别称。《尚书大传》有"孟诸灵龟，隆谷玄玉"之语。郑玄注"隆谷"云："或作函谷。" [2]迥：差异很大。 [3]蹊路：小路，狭路。 [4]王乔：即王子乔，周灵王太子。名晋，字子乔。传说他于七月七日，在缑氏山骑白鹤飞升成仙。故事见西汉刘向《列仙传》。弃：鲁迅校记云："当作'异'。《说文》云：'举也。'" [5]六龙：古代天子的车驾为六匹马，称天子六驾。马八尺称为龙，故称六龙。此处代指天子六驾。 [6]玄圃：一名阆风，传说中为昆仑山神山的第二级。此处指神仙所居之地。 [7]黄老：黄帝和老子。在道教传说中，黄帝和老子都属于神仙。 [8]旷：心境开阔。发：启发，开导。童蒙：年幼无知的儿童。 [9]钟山：山名，在昆仑山西北，其山多产美玉。一说即昆仑山。隅：角落。 [10]服食：服用可以养生或成仙的丹药。 [11]蝉蜕：又称蝉衣，是幼蝉化为成蝉时脱落的皮壳。此处指脱胎换骨，修道成仙。秽累：世俗的诸多牵累。 [12]家板桐：以板桐为家。板桐，一名樊桐，传说中昆仑山神山的最低一级。 [13]《九韶》：舜时乐曲名，周时为雅乐之一。 [14]雅歌：指《大雅》和《小雅》。《诗经》分风、雅、颂三大类。所谓雅歌，通常是指介于民间和庙堂之间的音乐。邕邕：和谐，和睦。

【点评】

　　这是嵇康唯一一首游仙诗。诗人以独立于函谷关上的青松为喻，表达了对神仙生活的向往。诗人十分清楚，通往神仙之路很狭窄，很难走得通。但诗人依然不懈追求，幻想着在仙境路遇到了黄帝和老子，从他们那里学到了自然无为之道，找到了人生的真谛。诗人循着老子指引的自然之道，修身养性，服食以求长生，希望能够进入神仙之境。诗歌用了许多与传说中的神仙有关的人物和意象，如王子乔、黄帝、老子等神仙形象，玄圃、板桐、钟山等神仙之境，最终落脚于"长与俗人别，谁能睹其踪"，体现了诗人完善自我、远离世俗、超然于世的追求。这是诗人叙写神仙生活的主旨所在，也是诗人的人生追求。

六言诗十首

惟上古尧舜[1]

　　二人功德齐均，不以天下私亲[2]。高尚简朴慈顺，宁济四海蒸民[3]。

【注释】

　　[1]惟：思考。尧舜：唐尧和虞舜，传说中的上古贤明君主。　[2]私亲：为亲人谋私利。此句是说尧舜不把天下私自传给子孙。　[3]济：接济，赈济。蒸民：众民，百姓。

【点评】

  诗歌热情赞美上古时期的圣明君主尧舜，歌颂了他们治理天下的功德，赞美了他们大公无私，选贤与能，把天下禅让给有才之士的高尚品质。他们道德高尚，生活简朴，以慈爱宁顺之心对待天下百姓，让百姓受到了实惠，享受到幸福。

唐虞世道治[1]

  万国穆亲无事[2]，贤愚各自得志。晏然逸豫内忘[3]，佳哉尔时可喜[4]。

【注释】

  [1]唐虞：尧和舜。尧号陶唐氏，又称唐尧。舜号有虞氏，又称虞舜。 [2]穆亲：和睦相亲。 [3]晏然：安定，闲适。逸豫：安逸享乐。内忘：忘记自我。 [4]尔时：其时，彼时。

【点评】

  诗歌对尧舜时期的社会给予了高度赞美。诗人认为，尧舜时期天下太平，社会和睦，人们相亲相爱。不论是聪明的人还是愚笨的人，在尧舜之世都能找到适合自己的位置。生活在尧舜时期，人们生活安定，心情愉快，忘记自我。嵇康赞美尧舜，既是对孔子、孟子等赞美尧舜的继承，同时也表达了对当时尔虞我诈、民不聊生社会现象的不满。

智慧用有为[1]

为法滋章寇生[2],纷然相召不停[3]。大人玄寂无声[4],镇之以静自正[5]。

【注释】

[1]智慧用有为:语出《道德经》第十八章:"智慧出,有大伪。"意谓自人们开始使用智慧,就有了作伪的情况发生。为,伪也,有意识地掩饰真相。 [2]"为法"句:此句意谓法令越是明白,盗贼就滋生越多。语出《道德经》第五十七章:"法令滋彰,盗贼多有。"滋章,即滋彰,越发明白。 [3]纷然:混乱之貌。相召:彼此相互召唤。形容法令和盗贼相互作用。 [4]大人:指居于高位者,又指道德高尚之人。玄寂:玄虚寂静,自然无为。 [5]镇之以静:用寂静无为治理国家。自正:自然归于正道。语出《道德经》第五十七章:"我无为而民自化,我好静而民自正。"

【点评】

这是一首阐释老子思想的六言诗。老子主张见素抱朴,自然真淳,他说:"大道废,有仁义;智慧出,有大伪;六亲不和,有孝慈;国家昏乱,有忠臣。"在老子看来,世上之所以会出现奸诈现象,是因为有人把自己的聪明智慧用到了社会交往和人际往来之中。同样,法令施行之后,盗贼更加猖獗了。法令是人来执行的,同时法令还有很多漏洞,盗贼就会利用这些恣意妄为。这就造成了法令越来越多,盗贼越来越猖獗的现象。而那些居于高位的道德高尚之人,则会采取无为而治的方式,用寂静无为让人们回归正道。嵇康这首诗歌,以老子思想为准鹄,用诗歌的形式阐释了老子返璞归真、自然无为的思想。

名与身孰亲[1]

哀哉世俗徇荣[2],驰骛竭力丧精[3]。得失相纷忧惊[4],自是勤苦不宁。

【注释】

[1]名与身孰亲:意思是(对人来说)名誉和身体哪一个关系更亲近呢?名,名誉,荣誉。身,身体,自身。 [2]徇:顺从,曲从。 [3]驰骛:急速奔走。此处形容对名誉的追求非常急迫。精:精神,意志。 [4]忧惊:担惊受怕。

【点评】

老子说:"甚爱必大费,多藏必厚亡。"老子认为,对名誉爱之深,必定会极大地费心劳神;对物欲过分追求,必定会造成更大的伤害。人生在世不能为名利所累。但是,很多人都不明白这个道理,而是拼命地追求名利,得之则喜,失之则忧,得失纷纷扰扰、持续不断,对身心造成了极大伤害。人们从开始追求名誉等身外之物起,就辛辛苦苦、身心俱疲、担惊受怕,很难过上安宁的日子。所以,老子说:"知足不辱,知止不殆,可以长久。"嵇康这首诗歌对人们追求名利给予犀利的批判,表明了嵇康对老子思想的高度认同,对世人有一定的警醒作用。

生生厚招咎[1]

金玉满堂莫守[2],古人安此粗丑[3]。独以道德为友[4],故能延期不朽[5]。

【注释】

[1]生生厚招咎:过分追求奉养生命的物质享受,就会招致灾祸。语出《道德经》第五十章:"人之生,动之死地,亦十有三。夫何故?以其生生之厚。"生生,养生。咎,灾祸。 [2]金玉满堂莫守:语出《道德经》第九章:"金玉满堂,莫之能守。"莫守,不能守护。 [3]粗丑:粗糙丑陋。此处指粗茶淡饭和简陋的用具。 [4]道德:以老子《道德经》为代表的道家学说。 [5]延期:延长生命。不朽:生命长存,永不死亡。

【点评】

老子主张养生,但不赞成过分追求物质享受的厚生。人有七情六欲,很多欲望是无法满足的。如果过分追求物质享受,就会为此付出很多,甚至会不择手段,违法乱纪。那样的话,即使金玉满堂也无法守护。真正懂得养生的人,不会追求那些身外之物,而是顺应自然,寂静无为,注重修身养性,追求心的宁静与身的安逸。这叫"以道德为友"。能够做到这些,方可延长生命的长度,甚至可以长生。嵇康这首诗歌表达的正是老子这种养生思想。

名行显患滋[1]

位高势重祸基[2],美色伐性不疑[3]。厚味腊毒难治[4],如何贪人不思？

【注释】

[1]名行：名誉和行为。显：突出。滋：生长，增加。 [2]位高势重祸基：语出《国语·周语》："高位实疾颠。"祸基，祸根。基，根基。 [3]伐性：危害身心。不疑：毋庸怀疑。 [4]厚味腊毒难治：语出《国语·周语》："厚味实腊毒。"腊毒，极毒，毒性非常厉害。

【点评】

尧尧者易折，皎皎者易污。这是人们总结出来的生活常理。人生在世，很多人都热衷追逐名利，不知适可而止。一旦位高权重，名誉和行为高高在上，那么也就埋下了祸患的根基。同样，美色与美味对人们身心的危害也是很大的。在功名利禄、声色犬马、美味佳肴面前，很多人经不起诱惑，贪得无厌，终于酿成祸患，危及自身。嵇康是极富个性的特立独行之人，在名利、美色、美味的问题上，他的态度仍然比较传统。他的这首诗歌就是感慨那些痴迷于功名利禄、声色犬马、美味佳肴的人，贪得无厌，不能迷途知返。

东方朔至清[1]

外以贪污内贞[2],秽身滑稽隐名[3]。不为世累所撄[4],所欲不足无营[5]。

【注释】

[1]东方朔：字曼倩，平原厌次（今山东德州市陵城区东北，一说今山东惠民县东）人，西汉著名文学家。至清：非常清廉。 [2]贪污：利用职务便利非法获取钱财。内贞：内心忠于信仰和原则。 [3]秽身：污秽自身。滑稽：言语、动作或姿态引人发笑。 [4]世累：世俗的牵累。撄：接触，触犯。 [5]无营：无所谋求。

【点评】

东方朔是西汉著名文学家，司马迁《史记》将他归入《滑稽列传》。据记载，汉武帝曾经赐食东方朔，东方朔把没有吃完的肉揣进怀里拿走，衣服都污秽了。汉武帝赐给他缣帛，他扛在肩上就走。东方朔还用汉武帝赐给他的缣帛，在长安城中娶少妇，过了一年后抛弃再娶新妇。东方朔给人们的印象是十分爱财。但实际上，东方朔是一个忠于信仰和原则的人，为官十分清廉。他用污秽自身的方式来保护自己，隐藏自己的名声。他不受世俗牵累，即使欲望难以满足，也是无所谋求。对于这样的高士，嵇康非常欣赏，称赞他"至清"。嵇康这首诗歌，给予东方朔很高的评价。

楚子文善仕[1]

三为令尹不喜[2]，柳下降身蒙耻[3]。不以爵禄为己[4]，靖恭古惟二子[5]。

【注释】

[1]子文：即鬬穀於菟，春秋时期楚国人。楚成王时，子文三次出任令尹，执法不避亲，捐献家财帮助国家，率师灭弦伐随，大获成功。后让位给子玉。善仕：善于为官。 [2]三为令尹：指子文三次出任楚国令尹。子文不论出任令尹，还是辞去令尹，都是不喜不怒，任其自然。 [3]柳下：即柳下惠，春秋时期鲁国大夫。他直言进谏，多次遭贬，蒙受耻辱。 [4]爵禄：爵位和俸禄。自西周开始，中国古代的爵位分为公、侯、伯、子、男五个等级。为己：当作自己的。 [5]靖恭：恭谨地奉守。二子：指楚子文和柳下惠。

【点评】

古代有许多善于做官的人，有的人为官可以成为几朝元老，有的人可以成为不倒翁，但他们都不能进入嵇康的法眼。在嵇康看来，真正善于为官的人，不仅要做到得之不喜，失之不忧，而且还要像楚子文和柳下惠那样，忠于职守，愿意做实事，敢于直言进谏，敢于为老百姓说话。中国有句土话："当官不为民做主，不如回家卖红薯。"放眼中国古代，像楚子文和柳下惠这样的官员太少了。嵇康说"靖恭古惟二子"虽然有过誉之嫌，但从中不难看出嵇康对他们浓浓的钦敬之情。

老莱妻贤名[1]

不愿夫子相荆[2]，相将避禄隐耕[3]。乐道闲居采萍[4]，终厉高节不倾[5]。

【注释】

　　[1]老莱：即春秋时期楚国隐士老莱子。老莱子有高才，楚王亲自登门，请其出任楚相。老莱子想答应。其妻对老莱子说："能够赐给你酒肉的人，也可以随意鞭挞你；能够授予你官职的人，也可以随时杀了你。你如今吃人家的酒肉，接受人家的官禄，就要受人所制，怎么能够免于灾患呢？我可不愿意受制于人。"于是就离开去隐居。老莱子也随其妻而去。老莱子妻因而有贤名。　[2]夫子：妇人对丈夫的尊称。相荆：任楚国相。　[3]相将：相随，相伴。避禄：逃避做官。　[4]萍：浮萍，亦称青萍，浮生水面，叶子扁平绿色，开白花。《诗序》在解释《诗经·召南·采蘋》"于以采蘋，南涧之滨"句时称采蘋为："大夫妻能循法度也。"　[5]厉：通"砺"，磨砺，砥砺。倾：歪斜，倒塌。

【点评】

　　老莱子妻是一个深明事理的人。楚王看中了她的丈夫老莱子，准备让老莱子出任楚国相。老莱子为感谢君主的信任，答应出任楚相。可是，他的妻子却不赞成。妻子认为，答应楚王出去做官，就要受制于人，灾祸随时可能降临。她劝说丈夫不要出去做官，以免受制于人。为防灾祸降临，老莱子妻离开去隐居。老莱子明白妻子的用心，最终拒绝了做官，也随妻子隐居而去。嵇康选择这样一个故事作为诗歌素材，歌颂了深明事理的老莱子妻，隐晦地批判了官场的黑暗。

嗟古贤原宪[1]

弃背膏粱朱颜[2]，乐此屡空饥寒[3]。形陋体逸心宽[4]，得志一世无患[5]。

【注释】

[1]原宪:字子思,春秋末年宋国人,一说鲁国人,孔子弟子。一生安贫乐道,隐居不仕,不愿与世俗同流合污。 [2]膏粱:肥肉和细粮,泛指精美的食物。朱颜:此处指女子秀美的容颜。 [3]屡空:经常空乏,一无所有,泛指经常贫困。 [4]体逸:身体安逸。 [5]得志:实现志愿。此处指原宪实现了隐居不仕的志愿。

【点评】

原宪是孔子弟子,一生特立独行,无意仕进。孔子为司寇时,原宪做过孔子的家宰。孔子给他九百斛俸禄,他拒绝不要。原宪住的地方十分破陋,吃的是粗茶淡饭,穿衣也不讲究。同门师兄子贡衣着华丽,乘坐驷马高车来看他。原宪穿着破衣烂衫和子贡相见。原宪有机会也有能力享受荣华富贵,但他却矢志隐居不仕,甘贫守贱。为此,他经常挨饿受冻,但他得到了身体安逸和心的宁静,一生没有什么祸患。嵇康视原宪为古代贤士,在对其人生选择表示嗟叹的同时,也对原宪一生没有忧患流露出艳羡之情。

秋胡行七首[1]

其一

富贵尊荣,忧患谅独多[2]。富贵尊荣,忧患谅独多。古人所惧,丰屋蔀家[3]。人害其上[4]，兽恶网罗[5]。惟有贫贱，可以无他[6]。歌以言之，富贵忧患多。

【注释】

[1]秋胡行：乐府古题。嵇康此诗各本题目迥异。《乐府诗集》作《秋胡行七首》，明黄省曾本作《重作四言诗七首》，吴宽抄本作《重作六言诗十首代秋胡歌诗七首》，张燮本作《秋胡行七首》。当以《乐府诗集》为是。 [2]谅：信实，确实。 [3]丰屋蔀家：宽大的房屋为荒草所覆盖。比喻深自隐藏，不肯出仕。语出《周易·丰卦》，其上六云："丰其屋，蔀其家，窥其户，阒其无人。三岁不觌，凶。" [4]害：害怕，畏惧。上：指居于高位，享受富贵尊荣。 [5]恶：恐惧，讨厌。 [6]无他：没有担心和惧怕的事情。

【点评】

很多人都向往富贵尊荣，向往出人头地，向往高人一等。殊不知，伴随着富贵尊荣而来的，不仅有荣华富贵和鲜花掌声，也有许多的忧患和烦恼。穷人有穷人的烦恼，富贵者有富贵者的烦恼。比较而言，富贵者的烦恼一点也不比穷人少。相反，他们的忧患甚至比穷人更严酷。飞鸟尽良弓藏，狡兔死走狗烹。许多聪明人都害怕富贵尊荣，害怕因富贵带来的种种忧患。嵇康深深地明白"富贵忧患多"的道理，同时也从前人的选择中感受到，许多有才能的人甘于贫贱，深自隐藏，始终不愿出来做官。一句"富贵忧患多"，道出了丰富的哲理，流露出作者对当时社会的深刻感悟。

其二

贫贱易居,贵盛难为工[1]。贫贱易居,贵盛难为工。耻佞直言[2],与祸相逢。变故万端,俾吉作凶[3]。思牵黄犬[4],其计莫从[5]。歌以言之,贵盛难为工。

【注释】

[1]贵盛:富贵显赫。难为工:难以把事情做好。工,工巧。 [2]耻佞:耻于花言巧语谄媚人。直言:直言进谏,敢说真话。 [3]俾吉作凶:使好事变成了坏事。俾,使(达到某种预想的效果)。 [4]思牵黄犬:此处用李斯故事。《史记·李斯列传》载,秦朝丞相李斯被赵高构陷,临刑之前,他对儿子说:"吾欲与若复牵黄犬,俱出上蔡东门逐狡兔,岂可得乎?"意思是想求自由而不得。 [5]莫从:无法实现。

【点评】

嵇康对于贫贱和贵盛的看法近乎极端。贫贱虽然为人所鄙弃,但在嵇康看来却是"易居",因为生活的贫困,地位的低下,并不能限制人的自由,甚至也不能影响甘贫守贱者的人生乐趣。富贵显赫虽然是人们所向往的,但是,一旦居于富贵显赫的地位,很多事情是非常难做的。如果耻于花言巧语谄媚他人,遇事敢于直言,那么就会招致祸端,甚至有性命之忧。更何况世上的事情千变万化,纷繁复杂,往往会把好事变成坏事。嵇康举李斯的例子,来证明自己的观点。李斯位居秦朝丞相,地位非常显赫,权势也很大。但是,面对奸臣的构陷,身陷囹圄之时,他却束手无策。这个时候,他再向往自由,岂可得乎?前车之鉴,教训深刻。

其三

劳谦寡悔[1],忠信可久安[2]。劳谦寡悔,忠信可久安。天道害盈[3],好胜者残[4]。强梁致灾[5],多事招患。欲得安乐,独有无愆。歌以言之,忠信可久安。

【注释】

[1]劳谦:勤劳谦恭。语出《周易·谦卦》九三爻辞:"劳谦,君子有终,吉。"寡悔:很少做后悔的事情。 [2]忠信:忠贞诚信。 [3]天道:自然之道,又指自然运行规律。害盈:视盈满为祸害。《周易·谦卦》彖辞云:"天道亏盈而益谦,地道变盈而流谦,鬼神害盈而福谦,人道恶盈而好谦。" [4]好胜者:争强好胜的人。残:缺,不完整。 [5]强梁:凶暴强横,蛮不讲理。语出《道德经》第四十二章:"强梁者不得其死。"

【点评】

勤劳谦恭,诚实可信,是做人的美德,也是人们安身立命的根本。具备这些美德,就可以安稳地生活在这个世界上,可以避免许多灾祸。为什么呢?因为"天道害盈,好胜者残"。老子说:"天之道,损有余而补不足。"这和"天道害盈"是一样的道理。因此,为人处世要谦恭,要有谦卑之心,而不能狂妄自大,骄傲自满。《周易》在解释"谦"卦的时候说:"谦,尊而光,卑而不可逾,君子之终也。"谦恭,就可以获得尊严和荣光。谦卑看似低下,实际上是不可逾越的。君子明白这样的道理,所以可以善终。嵇康这首诗歌赞美勤劳、谦恭、诚信，与《周易·谦卦》对"谦"的解释、与老子所说的"天之道"深相契合。

其四

役神者弊[1]，极欲疾枯[2]。役神者弊，极欲疾枯。颜回短折[3]，不及童乌[4]。纵体淫恣[5]，莫不早徂[6]。酒色何物？今自不辜[7]。歌以言之，酒色令人枯。

【注释】

[1]役神：劳费神思。弊：败，疲困。　[2]极欲疾枯：指放纵欲望很快让人形神憔悴、精力衰竭。极欲，尽其所欲。疾枯，快速枯槁。　[3]颜回：字子渊，春秋末年鲁国人，孔子最得意的弟子。颜回谦虚好学，不迁怒，不贰过，英年早逝。短折：夭折，早亡。　[4]童乌：西汉扬雄之子，九岁时帮助父亲撰写《太玄》。早夭。　[5]淫恣：放荡不羁，不知检点。　[6]徂：死亡。　[7]不辜：无罪。

【点评】

嵇康是一个非常懂得养生的人。他视酒色和嗜欲为养生之大忌，认为一个人如果想要长寿，就要远离酒色和各种嗜欲，像老子说的那样，见素抱朴，清心寡欲。世上那么多早夭的人，不外是两类：一类是费心劳神，一类是纵体恣欲。颜回和童乌是非常智慧的人，他们都是因费心劳神而早夭。更多的人则是沉湎酒色之中，最后因酒色而丧命。所以，在嵇康看来，酒色是令人形神憔悴、精力衰竭的东西。人们要养生，要长寿，就要减少欲望，远离酒色。老子说："五色令人目盲，五音令人耳聋，五味令人口爽，驰骋畋猎令人心发狂，难得之货令人行妨。是以圣人为腹不为目，故去彼取此。"（《道德经》第十二章）嵇康这首诗歌的主旨，和老子思想一致。

其五

绝智弃学[1]，游心于玄默[2]。绝智弃学，游心于玄默。遇过而悔，当不自得[3]。垂钓一壑[4]，所乐一国。被发行歌[5]，和者四塞[6]。歌以言之，游心于玄默。

【注释】

[1]绝智弃学：摈弃各种智慧和学问。语出《道德经》第十九章："绝圣弃智，民利百倍。" [2]玄默：指道家所说的清静无为之境。 [3]"遇过而悔"二句：出自《庄子·大宗师》："过而弗悔，当而不自得也。"遇过，错过机遇。悔，后悔。当，合适，适当。自得，自鸣得意。 [4]壑：水沟，大水坑。 [5]被发：披散头发。行歌：边走边歌。 [6]和者：吴宽抄本作"和气"。和，以声相应；跟着唱。四塞：四面蔽塞。

【点评】

老子主张顺应自然，无为而治。所以在社会治理方面，他提出"绝圣弃智"，认为统治者如果能够顺应自然，无为而治，百姓就会得到更多的实惠。嵇康这首诗歌是从个人修养的角度讲"绝智弃学"的。在他看来，一个人如果能够绝智弃学，潜心于道家所说的清静无为之境，那就可以极大地促进个人修养,就会心境平和,心静如水。机会错过了,不会后悔;目标达到了,也不会自鸣得意。独自垂钓沟壑带来的快乐,如同一国之人共同快乐;自由自在地歌唱,则到处都会有人唱和。嵇康非常看重游心于清静无为之境的重要性,认为如果能够达至此境,既可以独乐乐,亦可以众乐乐。

其六

思与王乔[1],乘云游八极[2]。思与王乔,乘云游八极。凌厉五岳[3],忽行万亿[4]。授我神药[5],自生羽翼。呼吸太和[6],炼形易色[7]。歌以言之,思行游八极。

【注释】

[1]王乔:即王子乔。周灵王太子,名晋,字子乔。《列仙传》说他好神仙,七月七日在缑氏山升仙而去。 [2]八极:八方极远的地方。 [3]凌厉:凌空高飞。五岳:我国古代五大名山,通常指东岳泰山、西岳华山、南岳衡山、北岳恒山、中岳嵩山。 [4]万亿:形容数量很多。这里指距离非常远。 [5]神药:传说中可以令人成仙的药。 [6]太和:阴阳交融的冲和之气。 [7]炼形易色:修炼形体,改变容颜。此处指通过养生达到成仙的目的。

【点评】

这首诗歌实际上也是一首游仙诗。诗歌写对王子乔神游八极的艳羡之情。诗人希望自己也能像王子乔那样凌空高飞,乘云遨游八极,倏忽之间飞到万里之遥的地方，放纵自己的思想和灵魂。他甚至幻想着王子乔授予他神仙之药，让他忽然生出羽翼，遨游于太空之间，呼吸着太和之气，身体和容颜都发生了改变。嵇康向往这样的生活，希望能够进入仙境，与神仙同行，远离世俗的污浊和险恶。他移居山阳，经常上太行山采集仙药，从孙登等高隐游，既是为了远离世俗，同时也是希望对他的修身养性有所帮助。

其七

徘徊钟山[1]，息驾于层城[2]。徘徊钟山，息驾于层城。上荫华盖[3]，下采若英[4]。受道王母[5]，遂升紫庭[6]。逍遥天衢[7]，千载长生。歌以言之，徘徊于层城。

【注释】

[1]钟山：山名，在昆仑山西北，其山多产美玉。一说即昆仑山。 [2]息驾：停车休息。借指隐居生活。层城：古代神话传说中昆仑山上的高城。泛指神仙之地。 [3]荫：遮蔽。华盖：帝王车驾上的伞形顶盖。泛指高贵者所乘之车。 [4]若英：古代神话传说中若木的花。 [5]王母：即西王母，俗称王母娘娘。其所居地在昆仑山，位于中原之西，故称西王母。 [6]紫庭：神仙所居宫阙。 [7]天衢：天空广阔，能任意通行，如人世间之四通八达之大路。

【点评】

此诗和上一首一样，都属于游仙诗之类。嵇康在诗歌中多次写到传说中的神仙之地昆仑山，但很少涉及昆仑山上的神仙。这首诗歌不仅写了昆仑山的层城、华盖、若英、紫庭等神仙洞府的具体物象，而且还出现了西王母这样一位昆仑山的女主人。西王母最早出现在《山海经》中，《山海经·大荒西经》中，此时的西王母穴居昆仑之丘，其形状如人形，头戴玉胜，虎齿豹尾，善啸，住在洞穴中。传说黄帝战蚩尤时，因得到西王母的帮助而取胜。诗歌通过对神仙之境和神仙形象的描述，流露出对神仙生活的向往。而"逍遥天衢，千载长生"，更是诗人对人生的企望。

思亲诗一首

奈何愁兮愁无聊[1]，恒恻恻兮心若抽[2]。愁奈何兮悲思多，情郁结兮不可化[3]。奄失恃兮孤茕茕[4]，内自悼兮啼失声[5]。思报德兮邈已绝[6]，感鞠育兮情剥裂[7]。嗟母兄兮永潜藏[8]，想形容兮内摧伤[9]。感阳春兮思慈亲，欲一见兮路无因。望南山兮发哀叹[10]，感几杖兮涕汍澜[11]。念畴昔兮母兄在[12]，心逸豫兮寿四海[13]。忽已逝兮不可追，心穷约兮但有悲[14]。上空堂兮廓无依[15]，睹遗物兮心崩摧[16]。中夜悲兮当告谁，独抆泪兮抱哀戚[17]。日远迈兮思予心[18]，恋所生兮泪不禁[19]。慈母没兮谁与骄，顾自怜兮心忉忉[20]。诉苍天兮天不闻，泪如雨兮叹青云[21]。欲弃忧兮寻复来，痛殷殷兮不可裁[22]。

【注释】

[1]奈何：如何，为何。无聊：愁闷，无以寄托。 [2]恒：一直，持久。恻恻：悲痛，凄恻。抽：撕裂，揪扯。 [3]郁结：积聚不得发泄。化：解。 [4]奄：忽然，突然。失恃：失去依恃。此处指嵇康失去母亲和兄长。茕茕：孤独的样子。 [5]自悼：自我悲伤怀念。 [6]邈：遥远，不可见。此处指嵇康和母亲、兄长天人永隔。 [7]鞠育：养育，抚育。剥裂：撕裂，割裂。此处形容感情崩裂。 [8]潜藏：去世的一种隐晦说法。 [9]形容：形态和容貌。摧伤：形容伤痛至极。 [10]南山：归隐之地的代称。《汉书·杨恽传》载杨恽诗云："田彼南山，芜秽不治。种一顷豆，落而为萁。" [11]几杖：几案与手杖。老年人依几而立，持杖而行。比喻年迈。汍（wán）澜：泪水快速流淌的样子。 [12]畴昔：往昔，过去。 [13]逸豫：闲适安乐。寿四海：寿命与四海等齐。 [14]穷约：穷困。此指内心空虚。 [15]廓：空阔。 [16]崩摧：碎裂。形容五内俱焚，哀痛至极。 [17]抆：擦拭。哀戚：哀伤，悲愁。 [18]日远迈兮思予心：吴宽抄本作"亲日远兮思日深"。远迈，远行。 [19]所生：生养自己的人。此处指嵇康的母亲。 [20]忉忉（dāo dāo）：忧愁。 [21]青云：很高的天空。 [22]殷殷：殷切。裁：割舍。

【点评】

嵇康38岁那年，接连遭遇丧母失兄之痛。嵇康自幼丧父，是在母亲和兄长的抚育关爱下成长起来的。嵇康对母亲和兄长的感情之深，自不待言。突然之间，母亲和兄长都离他而去，这怎能不令嵇康悲痛欲绝呢？他在悲痛之中写下了这首骚体《思亲诗》，所以，诗歌开篇就为惨淡的愁云所笼罩,"奈何愁兮愁无聊,恒恻恻兮心若抽。愁奈何兮悲思多,情郁结兮不可化"。嵇康无法忍受丧母失兄之痛,愁苦、悲伤、心碎、抑郁,接踵而来。在这样一种心境下,嵇康追述母兄春天般温暖的关爱和恩德,抒发欲见母兄一面而不得的惆怅与无奈。夜深人静之时,嵇康独自来到母亲的住所,看到母亲曾经用过的遗物和空落落的屋子,心像碎裂了似的,悲痛难抑。诗人只能不断地擦拭情不自禁流下的泪水,把满腔悲痛压制在心底。诗人通过"感鞠育""感阳春""感几杖""睹遗物"等,表达了对母兄的深切悼念和无尽哀思。该诗以真情胜,以情景交融胜,是魏晋时期悼亡诗的佳作。

答二郭诗三首

其一

天下悠悠者[1],下京趋上京[2]。二郭怀不群[3],超然来北征[4]。乐道托莱庐[5],雅志无所营。良时遘其愿[6],遂结欢爱情。君子义是亲,恩好笃平生。寡智自生灾,屡使众岪成[7]。豫子匿梁侧[8],聂政变其形[9]。顾此怀怛惕[10],虑在苟自宁[11]。今当寄他域[12],严驾不得停。本图终宴婉[13],今更不克并[14]。二子赠嘉诗[15],馥如幽兰馨[16]。恋土思所亲,能不气愤盈[17]?

【注释】

[1]悠悠:众多。 [2]下京:各州郡治所。上京:京都,京师。 [3]二郭:指郭遐周和郭遐叔兄弟。不群:超凡出众,不同凡

俗。　[4]超然：超脱世俗。北征：北上山阳。嵇康居于山阳，二郭从黄河南岸的京师洛阳来拜访他，故而称作"北征"。　[5]乐道：喜爱道义。托：寄居，托身。莱庐：茅屋。　[6]遘：相遇，遇见。其愿：此处指二郭与嵇康相会的意愿。　[7]屡：多次。衅：嫌隙，争端。　[8]豫子：即豫让。豫让，战国时期晋人，是智伯的门客。智伯被赵襄子杀害后，豫让为了替智伯报仇，用漆涂身，吞炭变哑，藏身在桥梁下，行刺赵襄子。行刺失败后，豫让遂伏剑自杀。　[9]聂政：战国时期韩国人，因杀人逃到齐国，以屠为业。为报答知己严仲子，聂政独自一人行刺严仲子的仇人韩相侠累，最后自杀而死。　[10]顾此：看到这些。怛惕：惊惧，害怕。　[11]苟：苟且，姑且。自宁：自我安宁。　[12]寄他域：寄身其他地方。此言二郭在山阳小憩，随后就准备到其他地方栖身。　[13]宴婉：安详柔顺。　[14]今更不克并：言所希望的安详顺利都不能实现了。不克，不能。并，指上句所说的"宴婉"。　[15]二子：指二郭。　[16]馥如幽兰馨：形容二郭的诗歌写得好，像幽兰的香气一样可以传之久远。馥，气味芬芳，香气浓郁。馨，散播很远的香气。　[17]气愤盈：满腔气愤。盈，满。

【点评】

　　这首诗歌是嵇康与郭遐周、郭遐叔兄弟初次相识于山阳时，为回赠二郭赠诗而作。诗歌讲述了与二郭相识相知的缘由："乐道托莱庐，雅志无所营。"二郭和嵇康一样皈依老庄，喜欢自然淳朴的生活，淡泊名利等身外之物，不愿与世俗同流合污。共同的思想基础，使嵇康与二郭相聚于山阳，成为"恩好笃平生"的好朋友。二郭的生平事迹，史籍没有记载，但从诗歌中引豫让、聂政的故事可以猜测，二郭当是做了狭义之事而难以为时所容，不得已而离开京师洛阳，会见嵇康之后，准备"寄他域"，到别的地方存身。而且由于事情紧急，还不能在山阳久停，所谓"今当寄他域，严驾不得停"。志趣相投，情谊深厚，嵇康本想与二郭安安稳稳地多聚一些时日，畅叙友情，但情势所迫，二郭很快就要离开山阳。临别之时，二郭写诗相赠，表达同气相求、四海皆兄弟的朋友情谊。嵇康赋诗回赠，既契合二郭赠诗之义，对二郭给予了赞美，又对二郭遭遇的不幸和不公表示了强烈的愤慨，对与二郭相见即分离的无奈表示了深深的惋惜。

其二

昔蒙父兄祚[1]，少得离负荷[2]。因疏遂成懒，寝迹北山阿[3]。但愿养性命，终已靡有他[4]。良辰不我期[5]，当年值纷华[6]。坎凛趣世教[7]，常恐婴网罗[8]。羲农邈已远[9]，拊膺独咨嗟[10]。朔戒贵尚容[11]，渔父好扬波[12]。虽逸亦已难[13]，非余心所嘉。岂若翔区外[14]，餐琼漱朝霞[15]。遗物弃鄙累[16]，逍遥游太和[17]。结友集灵岳[18]，弹琴登清歌[19]。有能从我者，古人何足多。

【注释】

[1]蒙：承受。父：嵇康之父嵇昭。祚：福。 [2]负荷：负担，担任。此处指体力劳动。 [3]寝迹：隐藏行迹，意谓隐居。 [4]终已：自己的一生。靡：没有。 [5]良辰：好时光，好日子。期：等待。 [6]值：正当。纷华：繁华，富丽。 [7]坎凛：困顿，不得志。趣：从。世教：即名教，正名分、定尊卑的儒家礼教。 [8]婴：触犯。 [9]羲农：伏

羲和神农。 [10]拊膺:拍胸,捶胸。咨嗟:叹息,叹气。 [11]朔:指东方朔。已见前注。尚容:崇尚中庸。东方朔有《诫子诗》,其中有"明者处世,莫尚于中"之句。此二句谓东方朔告诫儿子处世要以中庸为贵。 [12]渔父:渔翁,捕鱼的老人。好:喜爱。扬波:掀起波浪。 [13]逸:安闲,安乐。 [14]区外:域外。此处指尘世之外。 [15]琼:美玉。此处泛指精美的食物。 [16]遗物:超脱于世外。鄙累:世俗之烦累。 [17]太和:阴阳交融的冲和之气。此处指太空之境。 [18]灵岳:灵秀之山岳。 [19]清歌:不用乐器伴奏的歌唱。

【点评】

　　这是一首向友人叙述自我成长历程和对未来期望的诗歌。诗人首先回顾了自己的成长历程:小时候在父亲和兄长的关爱下,没有做过什么体力劳动,逐渐养成了疏懒成性的性格;后来就一个人到黄河之北的山阳隐居,在这里修身养性,希望能够平平安安地度过一生。然而,在山阳隐居的生活并不平静,世俗的烦扰,世教的构陷,一个个接踵而至,搞得嵇康穷于应付,才免于牢狱之灾。残酷的现实生活,使诗人更加向往老庄描绘的清静无为之境,向往返璞归真的状态,向往"结友集灵岳,弹琴登清歌"的生活。这种超脱世俗、追求自然的生活态度,使嵇康对刚刚结识的二郭兄弟敞开心扉,畅言自己的人生轨迹和心路历程,表达了对自由生活的热切向往。

其三

　　详观凌世务[1],屯险多忧虞[2]。施报更相市[3],大道匿不舒[4]。

夷路值枳棘[5]，安步将焉如？权智相倾夺，名位不可居。鸾凤避罻罗[6]，远托昆仑墟。庄周悼灵龟[7]，越稷嗟王舆[8]。至人存诸己[9]，隐璞乐玄虚[10]。功名何足殉？乃欲列简书[11]。所好亮若兹，杨氏叹交衢[12]。去去从所志[13]，敢谢道不俱[14]。

【注释】

[1]凌：杂乱，凌乱。世务：人世间的事情。 [2]屯险：艰险。忧虞：忧虑。 [3]施报：给予和报答。更：替代，更替。市：买卖，交易。 [4]大道：世间正道。匿：隐藏，藏匿。舒：展开。 [5]夷路：平坦的道路。枳棘：枳木和棘木。这两种树木因为多刺而被称为恶木。常用以比喻恶人或小人，也用以比喻险恶的环境。 [6]罻（wèi）罗：捕鸟的网。罻，捕鸟的小网。 [7]庄周：即庄子，战国时期宋国蒙（今河南商丘市东北）人，中国古代著名思想家、文学家，道家学派创始人之一。灵龟：神龟。据《庄子·秋水》所载，楚王使者见庄子，庄子持竿垂钓，对使者说："我闻楚地神龟，死已三千年岁矣。王以巾笥而藏之庙堂之上。此神龟者，宁其死为留骨而贵乎？宁其生而曳尾于涂中乎？"使者回答说："宁生而曳尾于涂中。"意谓宁愿艰难地活着，不愿死后高贵。 [8]越稷：古越国主管农事的官员。一说"稷"为"搜"字之误，指古越国王子搜。王舆：君王所乘之车。 [9]至人：道德高尚、超凡脱俗之人。存诸己：丰富充实自己。指加强个人修养。此句出自《庄子·人间世》："古之至人，先存诸己，而后存诸人。" [10]璞：尚未雕琢的玉石。此处指个人的智慧和才华。璞，吴宽抄本作"朴"。玄虚：玄远虚无之境。 [11]简书：用于告诫、策命、征召、盟誓等事项

的文书,亦泛指一般文书。 [12]杨氏:即杨朱。杨朱,魏人,战国时期思想家,主张贵己重生,是杨朱学派的创始人。交衢:四通八达的路口。 [13]去去:越来越远。所志:属于自己的志向。 [14]谢:告诉,告知。道不俱:选择的道路不同。

【点评】

  嵇康具有很强的洞察力,对历史也是了然于胸的,他在诗歌开篇便说出了寻常人能感受到却难以说出的道理"详观凌世务,屯险多忧虞"。在这个纷繁复杂的世界上,到处都是风险,到处都让人感到惊惧。本来平坦的道路,被人为地设置了许多荆棘和障碍,令人们举步维艰,动辄得咎。不少人争权夺利,为了名利争得你死我活。看透各种风险的人,像鸾凤一样,避开世俗罗网,逃到与世无争的神仙之地,以求全身远祸。为了说明自己的观点和想法,嵇康引用了庄周悼灵龟、越稷叹王舆两个典故,说明才华不可恃,功名不足取,何必执着于名列史册呢?嵇康以这种方式回答了二郭兄弟"所贵身名存,功烈在简书"的表白。尽管嵇康与二郭一见如故,"良时遘其愿,遂结欢爱情",但二郭志在功名,嵇康向往老庄。嵇康与他们志向不同,追求不同,故而在诗歌结尾表示"敢谢道不俱",透露出嵇康与这两位新结识的朋友之间的根本性差异。

与阮德如诗一首[1]

含哀还旧庐[2],感切伤心肝。良时遘数子[3],谈慰臭如兰[4]。

畴昔恨不早，既面俦旧欢[5]。不悟卒永离[6]，念隔怅忧叹[7]。事故无不有[8]，别易会良难。郢人忽已逝[9]，匠石寝不言[10]。泽雉穷野草[11]，灵龟乐泥蟠[12]。荣名秽人身，高位多灾患。未若捐外累[13]，肆志养浩然[14]。颜氏希有虞[15]，隰子慕黄轩[16]。涓彭独何人[17]？唯志在所安。渐渍殉近欲[18]，一往不可攀。生生在豫积[19]，勿以怵自宽[20]。南土旱不凉[21]，衿计宜早完[22]。君其爱德素[23]，行路慎风寒。自力致所怀，临文情辛酸[24]。

【注释】

[1]阮德如：名侃，字德如，陈留尉氏（今河南尉氏县）人，卫尉卿阮共之子，官至河内太守。阮德如与嵇康是好朋友。此诗应是阮德如为河内太守时，嵇康与他相见时作。阮德如有答诗二首。 [2]含哀：含有哀痛之情。此应是指嵇康丧母之后。旧庐：旧居。此指嵇康山阳旧居。 [3]遘：遇见，相遇。子：对人的尊称。子，吴宽抄本作"吾"。 [4]谈慰：交谈慰藉。臭（xiù）：气味。 [5]既面：见面之后。俦：等同。旧欢：昔日的欢乐。 [6]悟：感悟。卒：最终。永离：永久分离。此为"死亡"的一种委婉说法。 [7]隔：间隔，隔开。此指天人永隔。怅：惆怅，忧伤。 [8]事故：事变，变故。 [9]郢人：此用《庄子·徐无鬼》中的故事："郢人垩慢其鼻端若蝇翼，使匠石斫之。匠石运斤成风，听而斫之，尽垩而鼻不伤，郢人立不失容。"下句"匠石"亦出自此故事。此处用"郢人"和"匠石"比喻知心朋友间的心有灵犀。 [10]寝：停止，止息。 [11]泽雉：生长于沼泽地的野鸡。语出《庄子·养生主》："泽雉十步一啄，百步一饮，不蕲畜乎樊中。" [12]泥

蟠：蟠屈在泥污之中，比喻处于困厄之中。蟠，屈也。　[13]捐：舍弃，放弃。外累：身外之物的烦扰和拖累。泛指世俗的侵扰。　[14]肆志：快意，随心。浩然：刚正不阿的浩然之气。语出《孟子·公孙丑上》："曰：'我知言，我善养吾浩然之气。''敢问何谓浩然之气？'曰：'难言也。其为气也，至大至刚。'"　[15]颜氏：孔子的弟子颜渊。颜渊，名回，字子渊，是孔子最得意的弟子，名列孔门十哲。有虞：指五帝之一的舜。舜，姚姓，名重华，号有虞氏。　[16]隰子：即隰朋，春秋时期齐国大夫。《庄子·徐无鬼》载管仲评隰子语："其为人也，上忘而下畔，愧不若黄帝，而哀不己若者。"黄轩：指黄帝。黄帝，号轩辕氏，故称黄轩。　[17]涓彭：涓子和彭祖的合称。涓子，春秋时期齐国人，喜欢服食养生之术，后得道成仙。彭祖，传说中的神仙，因封于彭而称彭祖。传说彭祖擅长导引之术，活了七八百岁。涓子和彭祖的事迹见西汉刘向《列仙传》。　[18]渐渍：浸润。引申为感化。殉：追求。近欲：新近滋生的欲望或嗜好。　[19]生生：养生。豫：欢喜，快乐。　[20]怵：害怕，胆怯。自宽：自我宽慰。　[21]南土：黄河之南的土地。此指阮德如的家乡尉氏。　[22]衿计：胸中的打算。　[23]德素：素德。此指人之天性。　[24]临文：赋诗的时候。指诗人写作此诗的时候。

【点评】

　　这是嵇康为送别阮德如而作的一首送别诗。阮德如与阮籍一样，都是陈留尉氏人，属于尉氏诸阮。不知是不是由于阮籍的关系，阮德如和嵇康也成为好朋友。阮德如将要离开河内时，特意与嵇康一聚，与嵇康探讨交流人生感悟。临分别时，嵇康特意作诗送行。诗歌既言与阮德如相见之欢，又对二人匆匆一晤感到非常遗憾。嵇康用郢人和匠石的典故，说明与阮德如的关系已经到了十分契合的程度。嵇康诗歌中有一些赠答诗，嵇康主动赠诗的情况，只有赠兄长秀才入军和赠阮德如。由此可见，嵇康很是看重与阮德如的朋友情谊。在赠诗中，嵇康善意地提醒"荣名秽人身，高位多灾患。未若捐外累，肆志养浩然"，委婉地告诫阮德如不要为名利所诱惑。卒章又嘱咐"君其爱德素，行路慎风寒"，表现出对阮德如的殷殷关切之情。

酒会诗一首

乐哉苑中游[1]，周览无穷已[2]。百卉吐芳华，崇台邈高跱[3]。林木纷交错，玄池戏鲂鲤[4]。轻丸毙翔禽[5]，纤纶出鳣鲔[6]。坐中发美赞，异气同音轨[7]。临川献清酤[8]，微歌发皓齿[9]。素琴挥雅操[10]，清声随风起。斯会岂不乐？恨无东野子[11]。酒中念幽人[12]，守故弥终始[13]。但当体七弦[14]，寄心在知己。

【注释】

[1]苑：饲养禽兽、种植树木的地方。多指帝王的花园。曹魏初期，洛阳有帝王花园芳林苑，后为避齐王曹芳讳，改称华林园。嵇康是曹魏王室之婿，其所游之地应为华林园。 [2]周览：遍览，巡视。 [3]崇台：高台。台，黄省曾本等作"基"。兹从吴宽抄本。高跱：高耸。 [4]玄池：神话传说中的池名。此指华林园中的水池。 [5]轻丸：小小的弹

九。[6]纤纶:纤细的钓绳。鱣鲔(zhān wěi):即鳣鱼和鲔鱼。此处泛指鱼类。[7]异气:气味不同。此处指不同性情的人。音轨:声音的轨道。此处指声音。[8]清酤:清酒。[9]微歌:轻声歌唱。发:露出。[10]素琴:不加装饰的琴。雅操:雅正的音乐。[11]东野子:即东野毕,春秋末年鲁国人,以善于驭马而闻名。[12]幽人:隐居之人。[13]守故:坚守固有的(原则或操守等)。弥终始:谓有始有终。弥,满。[14]七弦:七弦琴。古琴有五弦、七弦之分。传说舜定琴五弦,周文王增加一弦,武王伐纣又增加一弦,是为七弦。

【点评】

嵇康虽然移居山阳,但他还有魏王室女婿的身份,魏王室有重要活动的时候,他还要到洛阳应酬一下。这首《酒会诗》应是嵇康参加华林园酒会之后,与朋友游赏华林园时所作。诗歌描绘了华林园的山水楼台等壮丽景色,表现了游园时游猎歌唱的喜悦。尤其是歌儿舞女在楼台中、在玄池边的歌声、琴声,令诗人感到无比的欢乐。但嵇康毕竟是老庄思想的皈依者,即使是在欢快的游园活动中,嵇康直言"酒中念幽人,守故弥终始",表示要像他曾经遇到的隐居者(孙登、王烈)那样,始终如一地坚守节操,不与世沉浮,不向邪恶低头。从这个角度看,这首《酒会诗》也是一首言志诗。

四言诗十一首

其一

淡淡流水[1],沦胥而逝[2]。泛泛柏舟[3],载浮载滞[4]。微啸清风,鼓楫容裔[5]。放棹投竿[6],优游卒岁[7]。

【注释】

[1]淡淡:同"澹澹",水波激滟的样子。 [2]沦胥:相率牵连。形容水波一直延续到很远很远才消失的样子。 [3]柏舟:柏木做成的小船。《诗经·邶风·柏舟》有"泛彼柏舟,亦泛其流"之语。此处用《诗序》"《柏舟》言仁而不遇"之意。 [4]载浮载滞:形容小船一会儿漂浮,一会儿停下来,在水中悠游而行。 [5]鼓楫:划船,划桨。楫,船桨。容裔:水波荡漾之貌。 [6]放棹:放下划船的工具。棹,划船的工具。投竿:用钓竿把钓绳甩出去。竿,钓鱼竿。 [7]卒岁:度过年终。此处意谓了此一生。

【点评】

诗人乘坐柏舟,泛舟水上,望着流水波光激滟,水波逐浪远去,连绵不断。诗人的小舟时行时停,尽情享受这难得的悠闲时光。清风吹拂,船桨荡起朵朵水花,水面时时激起片片涟漪。诗人放下船桨,拿出钓竿,把钓钩远远地甩出,静静地垂钓。这时的诗人忘情自我,也忘情自然,深深地融入物我为一的境界,并希望能够永远地这样下去,就这样度过自己的一生。

其二

婉彼鸳鸯[1],戢翼而游[2]。俯唼绿藻[3],托身洪流。朝翔素濑[4],夕栖灵洲[5]。摇荡清波,与之沉浮。

【注释】

[1]婉:温柔美好。 [2]戢:收起,收藏。 [3]唼(shà):鱼或水鸟等吃食的声音。绿藻:含有绿叶体的藻类植物。 [4]素:白。濑:从沙石上流过的急水。 [5]栖:停留,止息。灵洲:对水中沙洲的美称。

【点评】

诗歌以温柔美丽的鸳鸯为喻,描写一对鸳鸯悠闲自在地在水中游乐,时而食用水草,时而顺流而下,早上飞翔在急水流过的沙石之上,夜晚栖息在水中的沙洲。它们漂浮在水流之上,随波荡漾,伴随着波浪的高低而上下起伏。鸳鸯托身洪流之上,远离喧嚣,远离险恶,自由自在,随心所欲,十分畅美。这其实也正是诗人期盼的生活。

其三

流咏兰沚[1],和声激朗[2]。操缦清商[3],游心大象[4]。倾昧修身[5],惠音遗响[6]。钟期不存,我志谁赏[7]?

【注释】

[1] 流咏：水流发出的声音，像歌咏似的。流咏，吴宽抄本作"藻汜"。兰汜：生长有兰草的水中小块陆地。 [2] 和声：同时发声的几个不同的音的协调配合。激朗：激越明朗。 [3] 操缦：拨弄琴弦。清商：商为古代五音（宫、商、角、徵、羽）之一，其调以凄清悲凉为主，故称清商。 [4] 大象：老子所谓"道"之别称。《道德经》第三十五章有言"执大象，天下往"；第四十一章称"大象无形"。 [5] 倾昧：意谓一昧，不管不顾。昧，蒙昧，不明白。 [6] 惠音遗响：此处指老子《道德经》中有关修身养性的话语。惠音，清扬和畅之音。遗响，余音。 [7] "钟期"二句：此处用钟子期和俞伯牙高山流水遇知音的故事。此二句意谓像钟子期那样善于听琴的人已经不在了，我专注于修身养性的志向有谁欣赏呢？钟期，即钟子期。

【点评】

诗歌以流水冲击生长着兰花的水中陆地发出的激越清朗的声音起兴，描写自己淡泊恬静的生活，抒发自己乐于修身养性的志向。诗人手抚五弦琴，弹奏着凄清悲凉的清商调，倾听着老子的谆谆教诲，心与神俱游，沉浸于寂静玄奥的大道之中。诗人所担心的是，知音同好已经不在，不知道有谁能够欣赏他这种超脱凡尘的志向呢？在那个物欲横流、人心不古的时代，有多少人能够理解嵇康这种志向和理想呢？这也就难怪他在诗歌的最后一句感慨"我志谁赏"了。

其四

敛弦散思[1]，游钓九渊[2]。重流千仞[3]，或饵者悬[4]。猗与庄老[5]，栖迟永年。实惟龙化[6]，荡志浩然[7]。

【注释】

[1]敛弦：把琴收起来。弦，此处指琴。散思：放松心态，随意思考。 [2]九渊：深渊。语出《庄子·列御寇》："夫千金之珠，必在九重之渊，而骊龙颔下。" [3]重流：瀑布。仞：古代长度单位，秦汉之前一仞八尺，汉代一仞七尺。 [4]饵者：钓鱼的人。 [5]猗与：亦作"猗欤"，叹词，表示赞美。庄老：庄子和老子。 [6]龙化：像龙一样变化。《庄子·天运》有孔子对老子的评价："吾乃今于是乎见龙。龙合而成体，散而成章，乘云气而养乎阴阳。" [7]荡志：荡涤思虑，消除杂念。浩然：指浩然之志。

【点评】

此诗是嵇康皈依老庄、寄情山水、修身养性的写照。嵇康是著名音乐家，但他收起了心爱的五弦琴，放松心态，神游八极，通过垂钓深渊来净化思虑，消除杂念。飞流直下，壁立千仞。垂钓者独坐悬崖边上，静静地垂钓，不为险峻的形势所动。老子说："致虚极，守静笃。万物并作，吾以观其复。"（《道德经》第十六章）心中空无一物，没有丝毫杂念，透过万物的运行，来观察它们循环往复的运动规律，进而提升自己的境界，达到修身养性的目的。这正是嵇康所追求的生活。

其五

肃肃苓风[1],分生江湄[2]。却背华林[3],俯溯丹坻[4]。含阳吐英[5],履霜不衰。嗟我殊观,百卉具腓[6]。心之忧矣,孰识玄机[7]?

【注释】

[1]肃肃:本义为恭敬之貌。此处指清幽静谧之貌。苓风:即莲花之香风。苓,莲。李善注《文选》枚乘《七发》之"蔓草芳苓"句云:"苓,古莲字也。"李善注《文选》曹植《七启》之"寒芳苓之巢龟"句亦称:"苓与莲同。" [2]分生:遍布。湄:水边,岸旁。 [3]华林:茂盛华美的林木。 [4]俯:向下,低头。溯:逆着水流的方向。坻(chí):江河中的小洲或高地。 [5]含阳:接受阳光的沐浴。吐英:开花。英,花。 [6]百卉:百花。腓:枯萎,凋零。 [7]孰:谁。玄机:奥妙。

【点评】

这是一首咏莲诗。关于莲花,文人有很多咏赞之作。最有名的是宋代周敦颐的《爱莲说》,其中"出淤泥而不染,濯清涟而不妖,中通外直,不蔓不枝,香远益清,亭亭净植,可远观而不可亵玩焉"数句,更成为赞美莲花的名句。比较而言,嵇康此诗咏写莲花时间上要早得多。诗歌不仅写出了莲花生长的环境和习性,更是用简洁明快的语言写出了莲花的品格和特色:"含阳吐英,履霜不衰。嗟我殊观,百卉具腓。"莲花沐浴着阳光怒放,莲叶经历风霜而不衰。到了各种花凋零枯萎的时候,只有莲叶傲然独立,令人感叹。莲花为何能够沐浴盛夏之阳而怒放?莲叶为何能够经历风霜而傲然独立？有谁能够明白其中的奥妙呢？这正是诗人所忧虑的。嵇康在这首诗歌里，借咏写莲花暗喻自己高洁不群的性格、特立独行的行为难以为人们所理解，并由此生出了淡淡的忧虑。

其六

猗猗兰蔼[1]，殖彼中原[2]。绿叶幽茂，丽藻丰繁[3]。馥馥蕙芳[4]，顺风而宣。将御椒房[5]，吐薰龙轩[6]。瞻彼秋草，怅矣惟骞[7]。

【注释】

[1]猗猗：美盛的样子。语出《诗经·卫风·淇奥》："瞻彼淇奥，绿竹猗猗。"蔼：茂盛的样子。 [2]殖：生长，繁殖。中原：原野之中。 [3]丽藻：原指绮丽的景物。此处与上句互文见义，指繁茂的兰花。丰繁：花朵繁盛之貌。 [4]馥馥：形容香气浓郁。 [5]御：进献。椒房：西汉皇后所居殿名，因用花椒粉和泥涂墙壁而得名。亦称椒室，后世用作后妃的代称。 [6]龙轩：原指帝王的车驾，此处借指帝王所居之所。 [7]骞：高举。

【点评】

这是一首咏兰诗。兰花在古典诗歌中是君子之德的象征。兰花象征着高洁典雅、坚贞不渝，也象征着兄弟情谊。诗歌咏兰，从原野之中郁郁葱葱、生长茂盛的兰草写起，赞美兰草绿叶幽茂，花蕊繁盛，芳香四溢，顺风飘荡。接下来诗人笔锋一转，写高洁典雅的兰草以其独特的象征意义被呈送皇宫，其芳香飘散于后妃的椒房和帝王居住的宫殿。兰草生长在原野之中，虽然绿叶幽茂，花朵繁盛，如果没有人注意到它，也不会显得高贵典雅。但是，兰花的品质，兰花的个性，兰花的象征意义，决定了高洁典雅的兰花必定不甘平庸，它被呈送到令人向往的皇宫，成为帝王和后妃的欣赏之物。再看那些同样生长在原野之中的秋草，却是茕茕孑立，怅然若失。诗歌看似在歌咏兰花，实际上也有以兰花自况的意思，暗喻诗人高洁不群、不与世沉浮的性格特征。

其七

泆泆白云[1]，顺风而回。渊渊绿水，盈坎而颓[2]。乘流遥迈，自躬兰隈[3]。杖策答诸[4]，纳之素怀[5]。长啸清原[6]，惟以告哀[7]。

【注释】

[1]泆泆：云彩或烟雾飘荡之貌。 [2]坎：挡水用的土垅。颓：积水超过土坎后下溢的样子。 [3]自躬：亲自为之。兰隈：生长着兰草的山水弯曲之处。 [4]杖策：挂着手杖。诸：众人，此处指嵇康的朋友。 [5]素怀：朴素的怀抱，平生的抱负。 [6]清原：空旷的原野。 [7]告哀：把哀痛告诉他人。

【点评】

此诗或是嵇康丧母兄之后与朋友的赠答之作。诗歌前面四句是起兴。蓝天白云，顺风飘荡。绿色河水，漫过土坎缓缓下流。诗人沿着河堤，挂着手杖，顺流而下，来到生长着兰草的水湾山坳，亲自向诸位友人答谢，并把诸位朋友的劝慰牢记在心。虽有诸友劝慰,但诗人失去亲人的悲痛依然无法排遣。故而,一个人来到空旷的原野,仰天长啸,试图把无限的悲痛传递给已在天国的亲人。诗歌前四句营造的气氛和意境恬淡而空灵,而到了诗歌的结尾,气氛陡然一转,变得悲凉起来。"惟以告哀"句,写出了诗人心中的悲痛和悲凉,流露出对逝去亲人的深深哀思。

其八

眇眇翔鸾[1],舒翼太清[2]。俯眺紫辰[3],仰看素庭[4]。凌蹑玄虚[5],浮沉无形[6]。将游区外,啸侣长鸣。神□不存[7],谁与独征[8]?

【注释】

[1]眇眇:辽远,高远。鲁迅吴宽抄本校记云:"原作抄抄,今正。" [2]舒翼:展翅飞翔。太清:天空。 [3]紫辰:宫殿名,天子所居之处,泛指皇宫。 [4]素庭:天空,天庭。 [5]凌蹑:升高并进入之意。凌,升高。蹑,踩,践履。玄虚:虚无之境。 [6]无形:与"玄虚"互文见义,亦指虚无之境。 [7]□:此字原缺。 [8]谁与:与谁。独征:独自翱翔。前句"啸侣"有呼唤伴侣之意。但可惜的是,没有呼唤来神仙伴侣,飞翔的鸾鸟只好独自翱翔太空了。

【点评】

此诗是一首咏写鸾鸟之作。诗歌前六句描写鸾鸟翱翔太空,自由自在,一会儿俯视人间,一会儿仰观太空。鸾鸟穿梭于无尽的太空,时而向上，时而俯冲，非常惬意和潇洒。鸾鸟感受到了自由的可贵，感受到了太空的无际，于是呼唤伴侣，准备一同飞到无拘无束的世外去。然而，鸾鸟长鸣太空，却没有呼唤到神仙伴侣，诗歌最后两句流露出来的无奈与失望，把前面描绘的潇洒与惬意完全给淹没了。这正是诗人当时心态的真实写照。神游域外，自由自在，固然是诗人向往的生活，但这种生活孤寂清冷，很少有人能够忍受得了。正是因此，诗人感受到了深深的孤独和无奈。嵇康诗歌擅长运用先抑后扬的写作方式，先营造一种轻松自由的境遇和状态，给读者轻松自由之感。但在诗歌的结尾，诗人的情绪急转直下，轻松自由的氛围在诗人看似无意的书写中忽然变得凄清寂寥，让人颇感无奈。联系前面一首，嵇康诗歌的这种特色更为明显。

其九

有舟浮覆[1]，绋纚是维[2]。栝楫松棹[3]，有若龙微[4]。□津经险[5]，越济不归[6]。思友长林[7]，抱朴山嵋[8]。守器殉业[9]，不能奋飞。

【注释】

[1]浮覆：形容小船在水面上下浮动的样子。 [2]绋纚（fú lí）：维系船的绳子或带子。 [3]栝（guā）楫：用桧木做的船桨。棹：船桨。 [4]龙微：形容船桨在水中翻动的样子，像龙潜水中，忽隐忽现。 [5]□：此字原缺。津：渡口。 [6]越济：越过，渡过。 [7]思友长林：和下句"抱朴山嵋"，都是表达隐居山林之意。长林，高大的树林，比喻隐居之地。 [8]抱朴：保持本有的纯真，不为外物所诱

惑。　[9]守器：守护国家重器，意为守护社稷。殉业：专心致志于学业或功业。

【点评】

　　此诗为言志之作。嵇康在升任中散大夫之后不久，即移居山阳，过上了隐居生活。隐居山阳期间，嵇康时而北上太行，时而泛舟河流，时而与朋友相聚。这首诗歌就是写诗人泛舟河流时的所见所感。一叶小舟维系在河边，随着波浪上下起伏。诗人解开船缆，拿起桧桨松棹，开始泛舟河流。船桨像游龙似的，时而翻出水面，时而潜入水中。小船经过渡口，越过险滩，顺流而下。浮舟畅游的惬意，使诗人产生了放情山水，保持自我纯真，不想回归世俗的念头。然而，诗人没有忘记自己对社会、对国家的一份责任。为了国家和百姓，诗人必须专心致志于功业。这使得诗人很难放飞自己。一边是责任，一边是抱朴守真，诗人该如何选择呢？这是嵇康的困惑，也是那个时代许多文士的困惑。

其十

　　羽化华岳[1]，超游清霄[2]。云盖习习[3]，六龙飘飘[4]。左配椒桂，右缀兰苕[5]。凌阳赞路[6]，王子奉辔[7]。婉娈名山[8]，真人是要[9]。齐物养生[10]，与道逍遥。

【注释】

　　[1]羽化：古人称凡人飞升成仙为羽化。华岳：华山。　[2]清霄：天空。　[3]云盖：形状如车盖的云。习习：白云飘动之貌。　[4]六龙：

古代天子驾六，以六马拉车。马匹长过八尺为龙。飘飘：形容六龙驾车之貌。　[5]兰苕：兰花。　[6]凌阳：指古代神仙陵阳子明。据《列仙传》记载，陵阳子明得白龙所授服食之法，修炼三年而成仙。赞：引领。　[7]王子：指仙人王子乔。轺（yáo）：古代一匹马拉的轻便小车。　[8]婉娈：年少美貌。　[9]真人：修道成仙的人。要：通"邀"，邀请。　[10]齐物：以老子、庄子为代表的道家认为，世间一切事物如生死寿夭、贫富贵贱、是非得失、物我有无等，没有本质差别，都应被同等对待。

【点评】

　　这是一首游仙诗。自两汉乐府把游仙作为歌咏内容之一开始，游仙诗就已经引起了人们的注意。曹植的《游仙诗》感慨"人生不满百，戚戚少欢娱"，表示"意欲奋六翮，排雾凌紫虚"，流露出对神仙生活的向往。嵇康这首游仙诗主要表现的是传说中的神仙生活。在华山飞升成仙的仙人，乘坐云盖之车，遨游于白云飘飘的太空。车的左边有椒桂作为配饰，右边则是兰花，显得非常高雅华贵。对于刚刚升入仙班的仙人，其他仙人非常友好，陵阳子明前来引导，王子乔乘坐小车前来作陪，邀请仙人到美好的神仙之山聚会。这是嵇康向往的神仙生活，但嵇康也清楚这不是他能企及的生活。所以，神游仙人生活的嵇康在诗歌的最后还是回到了现实，表示要"齐物养生，与道逍遥"，皈依道家，远离纷争，修身养性，做一个逍遥快乐的人。

其十一

微风清扇，云气四除[1]。皎皎亮月，丽于高隅[2]。兴命公子，携手同车。龙骥翼翼[3]，扬镳踟蹰[4]。肃肃宵征，造我友庐。光灯吐辉，华幔长舒。鸾觞酌醴[5]，神鼎烹鱼。弦超子野[6]，叹过绵驹[7]。流咏太素，俯赞玄虚。孰克英贤，与尔剖符[8]？

【注释】

[1]云气：天空中飘浮的白云。四除：四下飘散。 [2]丽：附着。高隅：高高的山角。 [3]龙骥：骏马。翼翼：严整有秩序的样子。 [4]扬镳：扬起马嚼子，意谓催马快跑。镳，马嚼子两端露出马嘴的部分。踟蹰：迟疑不定的样子。 [5]鸾觞：刻有鸾鸟花纹的酒杯。醴：甜酒。 [6]弦超子野：意谓弹琴的技艺超过了师旷。子野，春秋时期晋国乐师师旷。师旷，字子野，目盲，善于弹琴。 [7]叹过绵驹：意谓歌唱技艺超过了绵驹。绵驹，春秋时期齐国人，以善于歌唱而为人所知。 [8]剖符：古代帝王分封诸侯和功臣，把符剖而为二，君臣各执其半作为凭证，以此作为守信的约证。此处以剖符比喻嵇康期待与英贤间的约定。

【点评】

一个微风习习、月光皎洁的夜晚，嵇康忽然兴起，呼唤关系要好的公子，同乘一辆车，携手前去拜访朋友。训练有素的骏马驾着马车缓缓而行，奔走在月光如洗的夜晚，不知不觉间已经到了朋友居住的地方。朋友把嵇康迎进家门，摆下宴席，盛情接待嵇康。室内灯光明亮，窗下长幔舒展。

酒逢知己千杯少。嵇康与朋友同气相求,一边杯觥交错、山吃海喝,一边欣赏美妙的音乐。舒缓悠扬的琴声和美妙动人的歌声,在嵇康听来无比美妙。欣赏过音乐,嵇康和朋友倡言玄理,交流对老庄哲学的感悟。嵇康深夜访友虽然没有王徽之雪夜访戴逵那样著名,但他兴之所至,夜里驱车前去拜访朋友,在朋友那里弹琴咏歌,探讨对老庄哲学的领会和感悟,却也显示出十足的名士派头,让读者从另一角度对嵇康有了深入了解和认识。

五言诗三首

其一

人生譬朝露[1],世变多百罗[2]。苟必有终极[3],彭聃不足多[4]。仁义浇淳朴[5],前识丧道华[6]。留弱丧自然[7],天真难可和[8]。郢人审匠石[9],钟子识伯牙[10]。真人不屡存[11],高唱谁当和?

【注释】

[1]朝露:早晨的露水。此句出自东汉秦嘉《留郡赠妇诗》:"人生譬朝露,居世多屯蹇。" [2]百罗:种种不幸的遭遇。罗,此处通"罹",意谓忧患。《诗经·王风·兔爰》:"我生之后,逢此百罹。" [3]终极:最后的终点。此处谓人生的终结。 [4]彭聃:彭祖和老聃。传说彭祖以长寿而闻名,见前注。老聃,即老子,姓李名耳,字伯阳,春秋末年人,道家学说创始人,著有《道德经》,亦以长寿著称。 [5]仁义浇淳朴:意谓仁义使得淳朴之风变得淡薄。浇,薄。 [6]前识:先于他

人的见识,即先见之明。此句出自《道德经》第三十八章:"前识者,道之华,而愚之始。"三国魏王弼注云:"前识者,前人而识也,即下德之伦也。竭其聪明以为前识,役其智力以营庶事。"道华:大道之精华。　[7]留弱:留置在柔弱之境。　[8]天真:天性率真。和:融合,和谐。　[9]郢人:此处用《庄子·徐无鬼》中的故事:"郢人垩慢其鼻端若蝇翼,使匠石斫之。匠石运斤成风,听而斫之,尽垩而鼻不伤,郢人立不失容。"此处以"郢人"比喻知己。　[10]钟子:即钟子期。伯牙:即俞伯牙。此处用钟子期与俞伯牙"高山流水"的故事,比喻知音。　[11]真人:原指修道成仙的人,此处指知己或知音。不屡存:不会经常出现。

【点评】

　　惜时是自汉乐府以来的诗歌主题。在两汉诗歌中,人们时常可以看到惜时的诗句:《长歌行》的"青青园中葵,朝露待日晞""少壮不努力,老大徒伤悲";《西门行》中的"人生不满百,常怀千岁忧。昼短而夜长,何不秉烛游";《古诗十九首》中的"浩浩阴阳移,年命如朝露。人生忽如寄,寿无金石固"(《驱车上东门》),"为乐当及时,何能待来兹"(《生年不满百》)……虽然流露出及时行乐等消极情绪,但这些诗歌劝导人们珍惜人生有限的时光,以有限的生命追求人生的更大价值,却也有其积极意义。诗歌开篇就引用秦嘉《留郡赠妇诗》的首句"人生譬朝露",从而定下了惜时的基调。正是因为惜时,嵇康才格外珍惜有限的生命,表示要像老子教导的那样,始终保持一份自然和天真。但是,嵇康也很清醒,在当时的社会,如果想要保持自然和天真是多么的困难,因为像郢人和钟子期那样的知己和知音太少了。所以，在诗歌的最后，诗人感慨"真人不屡存，高唱谁当和？"

其二

修夜家无为[1]，独步光庭侧[2]。仰首看天衢[3]，流光曜八极[4]。抚心悼季世[5]，遥念大道逼[6]。飘飘当路士[7]，悠悠进自棘[8]。得失自己来，荣辱相蚕食。朱紫虽玄黄[9]，太素贵无色。渊淡体至道[10]，色化同消息[11]。

【注释】

[1]修夜：长夜。修，长。家：居家。家，鲁迅吴宽抄本校记云："疑当作寂，因家而误。" [2]光庭：月光下的庭院。 [3]天衢：辽阔的天空，如四通八达的大道。 [4]八极：天下至远之处。 [5]抚心：抚摸胸口。季世：末世。季，最末的。 [6]大道：宽阔的道路。此处指道家的见素抱朴理念。 [7]飘飘：飘飘然之貌。当路士：奔波于仕途的士人。 [8]悠悠：连绵不尽之貌。自棘：自找麻烦。棘，酸枣树，多刺。 [9]朱紫：本义为红色和紫色。此处指代当时那些高官。中国古代，高官多穿红色衣服，系紫色绶带，故以"朱紫"指代高官。玄黄：天地之色。《周易·坤卦》："夫玄黄者，天地之杂也，天玄而地黄。" [10]渊淡：深远淡泊。此指平静淡泊的心境。至道：道的最高境界。 [11]色化：颜色的变化。此处指前面所说"朱紫""玄黄""太素"等颜色的变化。消息：消亡，指事物的衰亡。

【点评】

  漫漫长夜，诗人甚感寂寥，遂独步庭院之侧，仰观星空，看到流星划过，一直延续到辽远的天际。诗人仰望星空，不是夜观天象变化，而是思考社会和人生的重要问题。嵇康所处的时代，正是曹魏政权与司马氏明争暗斗的时代。嵇康从涌动的暗潮中似乎已经感受到曹魏末世的到来，不由得产生深切的悲悼之意。再看社会上那些衣冠楚楚的官员和士子们，汲汲于仕途，有多少人肯为国家的前途和百姓的安危着想呢？他们的得失荣辱，何尝不是自己的造化呢？在嵇康看来，富贵也好，贫贱也罢，都需要以平淡之心处之，因为只有这样才能体味道的最高境界，才能看淡事物的发展变化，看淡生死荣辱、盛衰消长。嵇康这样的人生态度是比较豁达的。

其三

  俗人不可亲[1]，松乔是可邻[2]。何为秽浊间[3]，动摇增垢尘[4]？慷慨之远游，整驾俟良辰[5]。轻举翔区外，濯翼扶桑津[6]。徘徊戏灵岳，弹琴咏泰真[7]。沧水澡五藏[8]，变化忽若神。姮娥进妙药[9]，毛羽翕光新[10]。一纵发开阳[11]，俯视当路人[12]。哀哉世间人，何足久托身！

【注释】

  [1]俗人：世俗之人。 [2]松乔：指传说中的神仙赤松子和王子乔。是：确实。 [3]秽浊：污秽浑浊。 [4]动摇：有所动作。垢尘：污垢、尘土，比喻尘俗之事。 [5]整驾：备好车驾，准备出发。俟：等待。 [6]濯翼：鸟类洗濯翅膀。扶桑津：日出之处。扶桑，古代神话中

海外的大桑树，那里是太阳升起的地方。　[7]泰真：质朴纯真。　[8]"沧水"句：《孟子·离娄上》有《孺子歌》，其词有"沧浪之水清兮，可以濯我缨；沧浪之水浊兮，可以濯我足"之句。此句用其意。沧水，沧浪之水，古水名。五藏，指心、肝、肺、脾、肾这五脏。　[9]姮娥：嫦娥，神话中后羿之妻，因盗食不死之药而奔月。妙药：长生不死之药。　[10]翕：和顺之貌。　[11]纵：向前或向上跃起。开阳：东汉时洛阳城门名。　[12]当路人：语意与前诗"当路士"同，指在官场上奔波竞争的人。

【点评】

　　嵇康此诗通过世俗之人与神仙的对比，开篇就表明了"俗人不可亲，松乔是可邻"的思想倾向。世俗之所以不可亲近，在嵇康看来，是许多世俗之人汲汲于仕途，奔波于官场，热衷于功名利禄。而嵇康眼里的神仙则超然世外，脱离世俗，没有那么多的功名利禄之心。正是基于这种认识，嵇康萌生了追求神仙生活的想法，期待着"轻举翔区外，濯翼扶桑津"，期待着在灵岳之上弹琴咏歌，在沧浪之水洗涤尘垢，真正断绝世俗之想。然而，世俗并非如此。在那突然打开的开阳门楼上观看，入眼的大多是汲汲于仕途、奔波于官场的人物。在功名利禄的驱使下，他们与人竞争，与世竞争，陷入世俗的泥沼无法自拔。想到这些，嵇康不由得为他们感到悲哀。如此劳碌，如此生活，如此心态，怎么能够摆脱世俗的缠绕呢？嵇康一句"哀哉世间人"，不仅是警醒自己，更是希望更多的人能够醒悟。这或许正是嵇康此诗所要表达的真实意思。

散文

与山巨源绝交书 [1]

康白：足下昔称吾于颍川 [2]，吾常谓之知言 [3]。然经怪此意，尚未熟悉于足下，何从便得之也？前年从河东还，显宗阿都说足下议以吾自代 [4]，事虽未行，知足下故不知之！足下傍通 [5]，多可而少怪。吾直性狭中，多所不堪，偶与足下相知耳。间闻足下迁 [6]，惕然不喜 [7]，恐足下羞庖人之独割 [8]，引尸祝以自助 [9]，手荐鸾刀，漫之膻腥，故具为足下陈其可否。

吾昔读书，得并介之人 [10]，或谓无之，今乃信其真有耳。性有所不堪，真不可强。今空语同知，有达人而无所不堪 [11]，外不殊俗而内不失正，与一世同其波流，而悔吝不生耳 [12]。老子、庄周，吾之师也，亲居贱职 [13]；柳下惠、东方朔 [14]，达人也，安乎卑位。吾岂敢短之哉？又仲尼兼爱 [15]，不羞执鞭 [16]；子文无欲卿相 [17]，而三登令尹。是乃君子思济物之意也。所谓达能兼善而不渝 [18]，穷则自得而无闷。以此观之，故尧舜之君世 [19]，许由之岩栖 [20]，子房之佐汉 [21]，接舆之行歌 [22]，其揆一也 [23]。仰瞻数君，可谓能遂其志者也。故君子百行，殊途而同致。循性而动，各附所安。故有"处朝廷而不出，入山林而不反"之论。且延陵高子臧之风 [24]，长卿慕相如之节 [25]，志气所托，不可夺也。

吾每读《尚子平》《台孝威》传 [26]，慨然慕之，想其为人。少加孤露 [27]，母兄见骄 [28]，不涉经学，性复疏懒。筋驽肉缓，头面常一月十五日不洗，不大闷痒，不能沐也。每常小便而忍不起，令胞中略转乃起耳。又纵逸来久，情意傲散。简与礼相背，懒与慢相成，而为侪类见宽[29]，不攻其过。又读《庄》《老》，重增其放[30]，故使荣进之心日颓[31]，任实之情转笃[32]。此由禽鹿少见驯育，则服从教制；长而见羁，则狂顾顿缨[33]，赴蹈汤火，虽饰以金镳[34]，飨以嘉肴，愈思长林而志在丰草也。阮嗣宗口不论人过，吾每师之而未能及，至性过人，与物无伤，唯饮酒过差耳。至为礼法之士所绳[35]，疾之如仇，幸赖大将军保持之耳[36]。吾不如嗣宗之资，而有慢驰之阙。又不识人情，暗于机宜，无万石之慎[37]，而有好尽之累[38]。久与事接，疵衅日兴[39]，虽欲无患，其可得乎？

又人伦有礼，朝廷有法。自惟至熟[40]，有必不堪者七，甚不可者二：卧喜晚起，而当关呼之不置[41]，一不堪也；抱琴行吟，弋钓草野，而吏卒守之，不得妄动，二不堪也；危坐一时[42]，痹不得摇[43]，性复多虱，把搔无已，而当裹以章服[44]，揖拜上官，三不堪也；素不便书[45]，又不喜作书，而人间多事，堆案盈几，不相酬答，则犯教伤义[46]，欲自勉强，则不能久，四不堪也；不喜吊丧，而人道以此为重，已为未见恕者所怨，至欲见中伤者，虽瞿然自责[47]，然性不可化，欲降心顺俗[48]，则诡故不情[49]，亦终不能获无咎无誉。如此，五不堪也；不喜俗人，而当与之共事，或宾客盈坐，鸣声聒耳，嚣尘臭处[50]，千变百伎[51]，在人目前，六不堪也；心不耐烦，而官事鞅掌[52]，机务缠其心[53]，世故繁其虑，七不堪也。又每非汤、武而薄周、孔[54]，在人间不止此事，会显世教所不容[55]，此甚不可一也；刚肠疾恶，轻肆直言[56]，遇事便发，此甚不可二也。以促中小心之性[57]，统此九患，不有外难，当有内病，宁可久处人间邪？又闻道士遗言，饵术黄精，令人久寿，意甚信之。游山泽，观鱼鸟，心甚乐之。一行作吏，此事便废。安能舍其所乐，而从其所惧哉？

夫人之相知，贵识其天性，因而济之。禹不逼伯成子高[58]，全其节也；仲尼不假盖于子夏[59]，护其短也；近诸葛孔明不迫元直以入蜀[60]，华子鱼不强幼安以卿相[61]：此可谓能相终始，真相知者也。足下见直木，必不可以为轮；曲者，必不可以为桷。盖不欲以枉其天才，令得其所也。故四民有业，各以得志为乐，唯达者为能通之，此足下度内耳[62]。不可自见好章甫[63]，强越人以文冕也[64]；已嗜臭腐，养鸳雏以死鼠也[65]。吾顷学养生之术，方外荣华，去滋味[66]，游心于寂寞，以无为为贵[67]。纵无九患，尚不顾足下所好者。又有心闷疾，顷转增笃，私意自试，不能堪其所不乐。自卜已审[68]，若道尽途穷则已耳。足下无事冤之，令转于沟壑也[69]！

吾新失母兄之欢[70]，意常凄切。女年十三，男年八岁，未及成人，况复多疾，顾此恨恨[71]，如何可言！今但愿守陋巷，教养子孙，时与亲旧叙离阔[72]，陈说平生。浊酒一杯，弹琴一曲，志愿毕矣！

足下若嬲之[73]，不置不过[74]，欲为官得人，以益时用耳。足下旧知吾潦倒粗疏，不切事情[75]，自惟亦皆不如今日之贤能也。若以俗人皆喜荣华，独能离之，以此为快，此最近之可得言耳。然使长才广度[76]，无所不淹而能不营[77]，乃可贵耳。若吾多病困，欲离事自全，以保余年，此真所乏耳，岂可见黄门而称贞哉[78]？若趣欲共登王涂[79]，期于相致，时为欢益，一旦迫之，必发其狂疾，自非重怨，不至于此也。野人有快炙背而美芹子者[80]，欲献之至尊，虽有区区之意[81]，亦已疏矣。愿足下勿似之。其意如此，既以解足下，并以为别。嵇康白。

【注释】

　　[1]山巨源：即山涛，河内怀县（今河南武陟县西南）人。竹林七贤之一，魏晋之际曾经与嵇康、阮籍等共为竹林之游。入晋之后，曾任尚书吏部郎、吏部尚书等职，官至司徒。　[2]足下：敬辞，古代书信中常用来称呼朋友。颍川：颍川郡。此指曾经出任颍川太守的山嵚。山嵚是山涛的同族伯叔父。《文选》张铣注："山嵚为颍川太守，时山涛谓嵚云：'康性行不堪职任。'悟康之志，故以为知言也。"　[3]知言：知己之言。　[4]显宗：公孙崇，字显宗，谯国（今安徽亳州市）人，曾任尚书郎。阿都：即吕安，字仲悌，东平人。吕巽之弟，嵇康好友。　[5]傍通：旁通，广泛通晓，意谓学问广博。　[6]间：间接。迁：升迁，升官。此指山涛由赵国相升任尚书吏部郎。　[7]惕然：惊恐之貌。　[8]庖人：厨师。此处反用《庄子·逍遥游》中"庖人虽不治厨，尸祝不越樽俎而代之"之意，意谓山涛不愿做吏部郎，却让嵇康出任此职。这无疑是让嵇康"手荐鸾刀，漫之膻腥"。　[9]尸祝：古代祭祀时对神主掌祝的人。　[10]并介：兼善天下，且能耿介自守。　[11]达人：通达事理之人。　[12]悔吝：灾祸。语出《周易·系辞上》："悔吝者，忧虞之象也。"　[13]贱职：卑贱的职位。　[14]柳下惠：即展获，字禽，春秋时期鲁国大夫。因食邑于柳下，私谥惠，故称柳下惠。东方朔：字曼倩，

平原厌次人，西汉文学家，曾任太中大夫等职。[15]仲尼：孔子，名丘，字仲尼，春秋末期鲁国陬邑（今山东曲阜市东南）人。中国古代著名思想家、教育家和政治家，儒家思想的创始人。兼爱：平等地爱所有人。[16]不羞：不以……为羞。执鞭：指从事教师职业。[17]子文：春秋时期楚国人。他曾经三次出任令尹，又三次辞去令尹，让位给贤者。[18]达能兼善：位居显赫之位能够让天下人都得到好处。此句与下句化用《孟子·尽心上》"穷则独善其身，达则兼济天下"之语。[19]尧舜：传说中的上古贤明君主。传说尧舜之时，士民乐业，天下太平。[20]许由：上古高士。传说尧欲把天下让给许由，许由不接受，逃到箕山，农耕而食。尧又欲让许由为九州长，许由以为受到了侮辱，洗耳于颍水之滨，表示不愿听闻。岩栖：栖身于山岩。[21]子房：即张良，字子房，相传为城父（今河南襄城县西南）人，刘邦帐下最重要的谋士，与韩信、萧何并称"汉初三杰"，为刘邦取得天下建立殊勋。[22]接舆：春秋时期楚国人，佯狂避世，世称楚狂接舆。《论语·微子》有"楚狂接舆，歌而过孔子"的记载。[23]揆：道理，准则。[24]延陵：即春秋时期吴国公子季札，又称延陵季子。高：赞赏。子臧：春秋时期曹宣公之子。曹宣公病逝后，公子负刍杀太子，自立为国君。子臧安葬父亲之后，准备逃离曹国，一国百姓都要跟着他逃离。负刍十分恐惧，向子臧承认罪过，请求子臧留下来。子臧无意为君，逃离了曹国。季札对子臧这种让国之风给予赞赏。[25]长卿：即司马相如，字长卿，蜀郡成都人，西汉著名辞赋家。相如：即蔺相如，战国时期赵国人。在赵国将相失和的时候，蔺相如高风亮节，处处谦让。赵国名将廉颇意识到自己的错误，主动负荆请罪。赵国将相重新归于和睦，令外敌不敢小视赵国。[26]尚子平：名尚长，字子平，两汉之际高士。王莽时，大司空王邑荐之，固辞不受，潜隐于家。尚子平，范晔《后汉书》作"向子平"。台孝威：即台佟，字孝威。隐于武安山，终身不仕。[27]孤露：孤单而缺少庇护。[28]见骄：被（母兄）娇惯。[29]侪类：同辈或同类的人。侪，同类，同辈。见宽：为（同类）所宽宥。[30]放：放达，放荡。[31]荣进之心：追求功名利禄之心。颓：消沉，消减。[32]任实：谓随顺本性。笃：坚定。[33]狂顾：因惊惶至极而四处顾盼。顿缨：毁坏绳索。顿，毁坏。缨，此处指拴系禽鹿的绳索。[34]金镳：金属制作的马嚼子。镳，马嚼子。[35]礼法之士：指当时那些维护名教的官员。[36]大将军：此处指司马昭。阮籍为母亲服丧期间，在司马昭举行的酒会上饮酒食肉，遭到何曾的攻击。司马昭说："此贤素羸病，君当恕之。"此句所说即指此事。[37]万石：指西汉石奋。石奋有四个儿子，都做到二千石俸禄这样的高官，父子五人合在一起俸禄达万石。但石奋父子都以谨慎而著名。[38]好尽：意谓惯于无保留地进直言。[39]疵衅：嫌隙，争端。日兴：每天都发生。[40]自惟至熟：自己深思熟虑。惟，思考。[41]当关：守门人。[42]危坐：两膝着地，腰伸直而坐，以示恭敬。[43]痹：肢体麻木，不能随意活动。[44]章服：以纹饰为等级标志的礼服。[45]素：平时。书：信笺。[46]犯教伤义：触犯礼教，损伤道义。[47]瞿然：惊骇之貌。[48]降心：平抑心气。[49]诡故：违犯本心。不情：不合情理。[50]翳尘臭处：处在喧哗吵闹的污浊氛围中。[51]千变百伎：指各种各样的社交伎俩。[52]鞅掌：事务繁忙的样子。[53]机务：机要事务。[54]非汤、武而薄周、孔：议论商汤和周武王的不是，鄙薄周公和孔子，意谓菲薄以名教为代表的各种礼仪规范。　[55]世教：即名教，指以正名定分为主的礼仪规范。　[56]轻肆：轻率放肆。　[57]促中：心胸狭小。小心：小心眼儿。　[58]伯成子高：传说为尧时的诸侯。大禹即位的时候，伯成子高辞官而去，做起了农夫。大禹知道其志向，不逼迫他出仕。　[59]子夏：即卜商，字子夏，孔门十哲之一。据《孔子家语》记载，孔子将要出行，正赶上下雨。他的弟子说："卜商有可以遮雨的伞。"孔子说："卜商很爱惜财物。我听说和人交往要赞美其长处，避免其短处，这样的交往才能长久。"　[60]诸葛孔明：即诸葛亮，字孔明。元直：即徐庶，字元直，三国颍川（治今河南禹州市）人。他曾经与诸葛亮一起辅佐刘备。曹操南下荆州，扣留了徐庶的母亲。徐庶是个孝子，于是归顺曹操。诸葛亮知道徐庶是迫于无奈，没有阻拦。　[61]华子鱼：即华歆，平原高唐（今山东禹城市西南）人，三国魏名臣。幼安：即管宁，北海朱虚（今山东临朐县东南）人，三国名士。华歆与管宁是同学，华歆发达后，举荐管宁出来为官。管宁闻讯，举家渡海而归。朝廷加管宁为太中大夫，管宁固辞不受。　[62]度内：意料之中，计虑之内。　[63]章甫：古代的一种礼帽。　[64]"强越"句：与上句出自《庄子·逍遥游》："宋人资章甫而适诸越，越人断发文身，无所用之。"宋国人把华美的帽子运到越地出售，而越人都剪短头发，身上刺绣花纹，根本用不着帽子。文冕，华美的帽子。　[65]"养鸳雏"句：用《庄子·秋水》中的故事：惠子为梁国相，担心庄子取代他。庄子对惠子说："南方有鸟名鹓鶵，你知道吗？鹓鶵从南海飞往北海，不是梧桐不落脚，不是练实不吃，不是甘泉不饮。鸱鸦得到一只腐烂的老鼠，正好遇到鹓鶵飞过，就发声恐吓。你是不是也有这样的心态啊？"

鹓雏，即鹓鶵，传说中凤凰之类的鸟。　[66]滋味：美味。　[67]无为：老子《道德经》的重要范畴，意思是顺应事物发展规律，不要干预它。　[68]自卜已审：自己推断，（此事）已经说得很明白了。　[69]转于沟壑：死在山沟里。这是一种委婉说法。　[70]新失母兄之欢：母亲和兄长都刚刚去世。这是对母亲和兄长去世的委婉表达。　[71]悢悢（liàng liàng）：惆怅，悲伤。　[72]离阔：阔别。　[73]嬲（niǎo）：纠缠。　[74]不置：不放下。　[75]不切事情：不近人情事理。　[76]长才广度：才能大，肚量宽。　[77]无所不淹：没有什么不精通的。淹，精通，贯通。　[78]"若吾"几句：意谓自己因身体原因没有能力为官，而不是表示自己的贞洁。黄门，宦者，太监。贞，忠贞，贞洁。　[79]王涂：仕途。　[79]野人：指山野村夫。此句出自《列子·杨朱》，说的是宋国有一农夫，冬天常常穿乱麻做的衣服过冬。到了春天，他在太阳下晒暖。他不知道天下有高楼暖室、丝绵皮衣，便对妻子说："晒太阳暖和，人们都不知道。将此事告诉国君，将会得到重赏。"同村一个富人对他说，从前有个人觉得芹菜等很好吃，就向乡豪推荐。乡豪尝了之后，刺痛了嘴巴，肚子也很难受。那人因此遭到众人耻笑和埋怨。富人说农夫就是这样的人。　[80]区区：原意为少、微不足道，引申为真情实意。

【点评】

朋友之间绝交的事，嵇康之前的时代曾经发生过不少。东汉朱穆有《与刘伯宗绝交书》，汉末有管宁与华歆割席绝交。朱穆与刘伯宗绝交，是因为刘伯宗前恭后倨。朱穆任丰县县令时，刘伯宗是一介布衣，在为母服孝期间，脱去孝服去见朱穆。朱穆任持书御史时，刘伯宗也亲自前去拜谒。后来刘伯宗做到了二千石的郡守，对朱穆的态度立马就变了，因为一件小事，让朱穆前去见他。对于刘伯宗这样前恭后倨的人，朱穆愤然与之绝交，写下了《与刘伯宗绝交书》《与刘伯宗绝交诗》，表示"永从此诀，各自努力"。管宁割席是传之弥久的故事。管宁与华歆是同学，读书期间，华歆仰慕荣华富贵，听到教室外有喧哗声，就慌忙跑出去看。掘地的时候，挖出一个金属片，要拿起来瞧瞧。对于这样的人，管宁十分鄙视，当华歆与他坐在一张席子上读书的时候，管宁把席子从中割开，以示与华歆绝交。这两个朋友绝交的故事，一个是因前恭后倨，一个是因羡慕荣华。嵇康与山涛绝交，却是另一种情形。

山涛名列竹林七贤，曾经参加过嵇康主持的竹林之游，与嵇康也算是老朋友。山涛在从赵国相转任吏部郎时，举荐嵇康代替他为吏部郎。吏部郎官位不高，但位置重要，朝廷选拔任用的官员，要先由吏部筛选出来，报给吏部尚书，再由吏部尚书报给皇上定夺。而官员筛选的工作，通常要由吏部郎来做。嵇康才华出众，性格耿直，不屑阿谀奉承，是吏部郎的上佳人选。山涛举荐嵇康自代，有关照老朋友的意思。但他忽略了一个问题，那就是嵇康的性格。嵇康是任情自然之人，性情耿直，遇事便发，不喜与俗人交接，而且多病，无法应付官场俗务。对于山涛的举荐，嵇康不仅无感激之心，反而认为山涛不了解他，于是就写下了这篇传之千古的《与山巨源绝交书》。

在文章的开篇，嵇康颇有讽刺意味地说山涛"恐足下羞庖人之独割，引尸祝以自助，手荐鸾刀，漫之膻腥"，意思是你山涛不好意思在吏部郎这个位子上坐下去，反而让旁观者来当帮手。接下来，嵇康逐层述说自己不能接受举荐的理由。首先是"君子百行,殊途而同致。循性而动,各附所安"。人生在世,不论做出怎样的选择,只要能够"遂其志者",就是最好的选择。其次,仰慕前代高士,皈依老庄,"荣进之心日颓,任实之情转笃",表明自己志在长林丰草的隐居之意。再次,结合自己的人生经历和个性,说明了自己不能接受举荐的理由,即"必不堪者七"和"甚不可者二"。这些理由入情入理,令人难以拒绝,更无法强迫嵇康出仕。又次,嵇康阐述了朋友交往贵在"识其天性"的道理,说明山涛不识其"游心于寂寞,以无为为贵"之天性,举荐他出仕,是"令转于沟壑也"。最后,嵇康陈说自己的志向:"但愿守陋巷,教养子孙,时与亲旧叙离阔,陈说平生。浊酒一杯,弹琴一曲,志愿毕矣!"正是因此,他对山涛邀请他"共登王涂"表示愤慨,斥责山涛"自非重怨,不至于此也"。在这封信的最后,嵇康本着"绝交不出丑言"的原则,明确表示"并以为别"。

该文之所以能够成为千古传诵的佳作,主要在于三点:一是感情真挚,字字句句皆自肺腑流出,与嵇康崇尚自然的性格相一致;二是文笔辛辣,如讽刺山涛举荐之事,为"足下无事冤之,令转于沟壑也""自非重怨,不至于此也";三是嬉笑怒骂皆成文章,如文章最后一段:"野人有快炙背而美芹子者,欲献之至尊,虽有区区之意,亦已疏矣。愿足下勿似之。"刘勰高度评价此文,称之为"实志高而文伟",可谓是非常中肯的评价。

与吕长悌绝交书 [1]

康白:昔与足下年时相比 [2],以故数面相亲,足下笃意,遂成大好[3]，由是许足下以至交，虽出处殊途[4]，而欢爱不衰也。及中间少知阿都[5]，志力开悟[6]，每喜足下家复有此弟。而阿都去年向吾有言：诚忿足下[7]，意欲发举。吾深抑之，亦自恃每谓足下，不足迫之，故从吾言。间令足下因其顺吾，与之顺亲，盖惜足下门户[8]，欲令彼此无恙也。又足下许吾终不击都，以子父六人为誓。吾乃慨然感足下，重言慰解都，都遂释然，不复兴意[9]。足下阴自阻疑[10]，密表击都，先首服诬都[11]。此为都故信吾，又无言。何意足下苞藏祸心邪？都之含忍足下，实由吾言。今都获罪，吾为负之。吾之负都，由足下之负吾也。怅然失图[12]，复何言哉？若此，无心复与足下交矣。古之君子，绝交不出丑言。从此别矣！临书恨恨[13]。嵇康白。

【注释】

[1]吕长悌：即吕巽，亦作吕逊，东平（今属山东）人，镇北将军吕昭之子，曾任司马昭长史。 [2]年时相比：年龄比较接近。比，接近，挨近。 [3]大好：非常要好。 [4]出处殊途：意谓嵇康和吕巽选择的道路不同，吕巽选择做官，嵇康选择隐居。出处，出仕和隐居。 [5]阿都：吕安的小字。吕安是吕巽的庶弟，因兄长吕巽与嵇康交往而与嵇康相识。但嵇康一开始仅是从吕巽那里对吕安有所了解，故称"少知"。 [6]志力：心智和才力。开悟：领悟，开启。 [7]诚忿足下：对吕巽非常愤怒。此句暗喻吕巽奸淫吕安之妻之事。据《世说新语·雅量》注引《晋阳秋》云，吕巽奸淫吕安妻徐氏之后，吕安准备告发吕巽，并把妻子休掉。他向嵇康咨询，征求嵇康的意见。嵇康因为与吕氏

兄弟是朋友，爱惜吕氏兄弟的名声，居中调解，让吕安把这件事隐忍下来。所以下文有"故从吾言"之语。　[8]门户：原意指房屋的门窗。此处指家族声誉。　[9]兴意：生出某种念头。此处指吕安不再有告发兄长吕巽的想法。　[10]阴：暗中，私下。阻疑：疑虑，疑惑。此指吕安在嵇康的劝说下放弃了告发吕巽的念头，但吕巽私下依然对此事满腹疑虑。　[11]首服：同"首伏"，意谓坦白服罪。　[12]怅然：失意不乐之貌。失图：失去主意。　[13]恨恨：抱恨不已。

【点评】

　　嵇康与吕氏兄弟原是好朋友，但吕巽不齿于人的行为，把嵇康扯进了纷争中。吕巽垂涎弟媳的美貌，让人把弟媳灌醉，然后乘机奸淫。事发之后，吕安异常愤怒，准备向官府告发吕巽这种禽兽行为，同时也准备休掉妻子徐氏。为谨慎起见，他征求嵇康的意见。嵇康因为与吕氏兄弟是朋友，不想看到吕氏兄弟反目，把家丑宣扬出去，于是劝吕安隐忍。嵇康居中调停，又劝说吕巽。吕巽答应嵇康永远不告发吕安，并以其父子六人的名义起誓。嵇康苦口婆心，两面劝说，终于把吕家这件丑事压了下去。然而，在嵇康以为这件事情已经过去的时候，吕巽私下怀疑吕安会告发他，于是恶人先告状，告发吕安虐待母亲。吕安因此被捕入狱。吕巽如此无耻，又利用嵇康对他的信任，出尔反尔，实在令人不齿！嵇康愤然写下了《与吕长悌绝交书》。

　　在这封绝交书中，嵇康较为隐晦地叙述了吕氏兄弟交恶的前因后果，明确表示"今都获罪，吾为负之。吾之负都，由足下之负吾也"。对于这种结果，嵇康抱恨不已，"怅然失图"。对于吕巽这样言而无信的小人，嵇康不想和他再有任何交往，所以断然选择了绝交。和《与山巨源绝交书》相比较，《与吕长悌绝交书》少了当初与山涛绝交时的那种激情和锐气，更没有嬉笑怒骂，而是写得更平实、更隐晦。即便如此，嵇康还是受到了吕安一案的牵累，被捕入狱。在吕巽、钟会等人的构陷下，司马昭对嵇康痛下杀手，除掉了嵇康这个所谓的政治对手。据史书记载，司马昭杀害嵇康后，很快就明白了怎么回事儿，并因此而感到遗憾。

养生论

世或有谓神仙可以学得，不死可以力致者；或云上寿百二十，古今所同，过此以往，莫非妖妄者。此皆两失其情[1]。请试粗论之。

夫神仙虽不目见，然记籍所载[2]，前史所传，较而论之，其有必矣。似特受异气[3]，禀之自然，非积学所能致也。至于导养得理，以尽性命，上获千余岁，下可数百年，可有之耳。而世皆不精，故莫能得之。何以言之？夫服药求汗，或有弗获，而愧情一集，涣然流离[4]；终朝未餐，则嚣然思食[5]。而曾子衔哀[6]，七日不饥；夜分而坐，则低迷思寝，内怀殷忧[7]，则达旦不瞑[8]；劲刷理鬓，醇醴发颜[9]，仅乃得之。壮士之怒，赫然殊观，植发冲冠[10]。由此言之，精神之于形骸，犹国之有君也。神躁于中，而形丧于外，犹君昏于上，国乱于下也。夫为稼于汤之世[11]，偏有一溉之功者[12]，虽终归于焦烂，必一溉者后枯，然则一溉之益，固不可诬也[13]。而世常谓一怒不足以侵性[14]，一哀不足以伤身，轻而肆之[15]，是犹不识一溉之益，而望嘉谷于旱苗者也。是以君子知形恃神以立，神须形以存。悟生理之易失，知一过之害生。故修性以保神，安心以全身。爱憎不栖于情，忧喜不留于意。泊然无感，而体气和平。又呼吸吐纳[16]，服食养身[17]，使形神相亲，表里俱济也。

夫田种者，一亩十斛[18]，谓之良田，此天下之通称也。不知区种[19]，可百余斛，田种一也。至于树养不同[20]，则功收相悬[21]。谓商无十倍之价，农无百斛之望，此守常而不变者也[22]。且豆令人重[23]，榆令人瞑[24]，合欢蠲忿[25]，萱草忘忧[26]，愚智所共知也；薰辛害目[27]，豚鱼不养[28]，常世所识也；虱处头而黑，麝食柏而香，颈处险而瘿[29]，齿居晋而黄[30]。推此而言，凡所食之气，蒸性染身[31]，莫不相应。岂惟蒸之使重而无使轻，害之使暗而无使明，薰之使黄而无使坚，芬之使香而无使延哉？故《神农》曰"上药养命，中药养性"者[32]，诚知性命之理[33]，因辅养以通也[34]。

而世人不察，惟五谷是见，声色是耽，目惑玄黄[35]，耳务淫哇[36]。滋味煎其府藏[37]，醴醪鬻其肠胃，香芳腐其骨髓，喜怒悖其正气，思虑销其精神，哀乐殃其平粹[38]。夫以蕞尔之躯[39]，攻之者非一途，易竭之身，而外内受敌，身非木石，其能久乎？其自用甚者[40]，饮食不节以生百病，好色不倦以致乏绝。风寒所灾，百毒所伤，中道夭于众难。世皆知笑悼，谓之不善持生也[41]！至于措身失理[42]，亡之于微，积微成损，积损成衰，从衰得白，从白得老，从老得终，闷若无端。中智以下，谓之自然。纵少觉悟，咸叹恨于所遇之初[43]，而不知慎众险于未兆[44]。是由桓侯抱将死之疾，而怒扁鹊之先见[45]，以觉痛之日为受病之始也。害成于微，而救之于著，故有无功之治[46]。驰骋常人之域，故有一切之寿。仰观俯察，莫不皆然。以多自证，以同自慰，谓天地之理，尽此而已矣。

纵闻养生之事，则断以所见，谓之不然；其次孤疑，虽少庶几，莫知所由；其次自力服药，半年一年，劳而未验，志以厌衰[47]，中路复废。或益之以畎浍[48]，而泄之以尾闾[49]，欲坐望显报者；或抑情忍欲，割弃荣愿，而嗜好常在耳目之前，所希在数十年之后，又恐两失，内怀犹豫，心战于内，物诱于外，交赊相倾[50]，如此覆败者。夫至物微妙，可以理知，难以目识，譬犹豫章[51]，生七年然后可觉耳。今以躁竞之心[52]，涉希静之途[53]，意速而事迟，望近而应远，故莫能相终。夫悠悠者既以未效不求[54]，而求者以不专丧业；偏恃者以不兼无功，追术者以小道自溺[55]。凡若此类，故欲之者，万无一能成也！

善养生者则不然矣，清虚静泰，少私寡欲[56]。知名位之伤德，故忽而不营，非欲而强禁也；识厚味之害性[57]，故弃而弗顾，非贪而后抑也。外物以累心不存，神气以醇白独著[58]。旷然无忧患，寂然无思虑。又守之以一[59]，养之以和，和理日济，同乎大顺。然后蒸以灵芝[60]，润以醴泉，晞以朝阳，绥以五弦，无为自得，体妙心玄[61]，忘欢而后乐足，遗生而后身存。若此以往，庶可与羡门比寿、王乔争年[62]，何为其无有哉！

【注释】

[1]情：真实情况，客观事实。　[2]记籍：典籍，书籍。　[3]异气：

特殊的气质，非凡的禀赋。　[4]涣然：离散，消散。此处形容出汗的样子。　[5]嚣然：形容饥饿的样子。　[6]曾子：即曾参，字子舆，孔子的弟子。曾子非常孝顺，父亲去世后，传说他"水浆不入口者七日"，即文中所谓"曾子衔哀，七日不饥"。　[7]殷忧：深深的忧虑。　[8]瞑：闭上眼睛。　[9]醇醴：味厚的美酒。发颜：使脸色发红。　[10]植发：谓头发直立起来。　[11]为稼：种田，种庄稼。汤：亦称成汤，商朝的第一个君主，儒家称颂的明君之一。夏桀无道，商汤发动革命，起兵灭夏，建立了商朝。　[12]一溉：商汤即位，天下大旱，五年不收。商汤剪去自己的头发，祈祷于桑林，请上天降罪其一人，不要连累天下百姓。于是，天降大雨，旱灾解除。　[13]诬：故意说假话冤枉别人。　[14]侵性：伤害人的心性。性，人与生俱来之心性。　[15]轻而肆之：轻视且肆意而为。　[16]呼吸吐纳：道家导引人体元气运行的养生之法。《庄子·刻意》有云"吹呴呼吸，吐故纳新，熊经鸟申，为寿而已矣。"　[17]服食：服用有助于养生的丹药。魏晋时期服用的丹药主要是五石散。　[18]斛：古代计量工具，一斛为十斗，南宋末年改为五斗。　[19]区种：古代的一种耕种方式，在田地里按照一定的距离开沟挖穴，播入种子。在当时，这是一种先进的耕作方法。　[20]树养：指种植方式和田间保护方法。　[21]功收：（得到的）功效和收成。悬：悬殊，差距很大。　[22]守常：固守常法，遵守常规。　[23]豆令人重：多食大豆让人身体滞重。　[24]榆令人瞑：多食榆荚让人容易瞌睡。　[25]合欢蠲忿：食用合欢花可以解郁安神。　[26]萱草忘忧：食用萱草可以解除忧虑。《诗经·卫风·伯兮》："焉得谖草，言树之背。"毛传云："谖草令人忘忧。"谖草，即萱草。　[27]薰辛：辛辣膻腥的肉、菜等食物。薰，通"荤"。　[28]豚鱼：河豚，其肝脏、生殖腺和血液有剧毒，可致人丧命。　[29]瘿：中医指生长在颈部的瘿瘤，是因抑郁或忧思过度而使气郁痰凝血瘀结于颈部。语出《淮南子·地形训》："险阻气多瘿。"　[30]齿居晋而黄：晋（今山西）人喜欢吃枣，容易造成牙齿变黄。　[31]蒸性染身：指不同的食物会对人们的性格和身体产生不同的影响。　[32]《神农》：指《神农本草经》。"上药养命，中药养性"出自该书，意谓最好的药物可以让人长寿，中等的药物可以调养人的性情。　[33]性命之理：此处指关于人的自然秉性和命运的道理。　[34]辅养：辅助与调养。　[35]玄黄：本指天地之色。此谓各种颜色。　[36]淫哇：指淫邪之音。　[37]府藏：指五脏六腑。　[38]平粹：平和纯粹。　[39]蕞尔：形容小的样子。　[40]自用：自以为是。　[41]持生：养生。　[42]措身：安身，置身。　[43]所遇之初：意谓发现身体不适的最初苗头。　[44]未兆：尚未出现迹象。　[45]扁鹊：即秦越人，战国时期的名医。扁鹊见蔡桓侯事见于《韩非子·喻老》：扁鹊见蔡桓侯，一次次警告他患有疾病，先说是在腠理，又说在肌肤，又说在肠胃，蔡桓侯都不相信。最后一次见蔡桓侯，扁鹊告诉他已经病在骨髓，无法医治了。五天后，蔡桓侯感到身体疼痛，派人请扁鹊，扁鹊已逃往秦国。蔡桓侯不久便不治而亡。　[46]无功之治：无效的治疗。　[47]厌衰：因厌倦而衰退。　[48]畎浍：田间水沟。　[49]尾闾：传说中海水所归之处。此句与上句谓有益于养生的事做得少，而有损养生的事做得多。　[50]交赊：远近。相倾：此处意谓眼前利益与长远利益相矛盾。　[51]豫章：枕木与樟木。　[52]躁竞：急于进取而与人竞争。　[53]希静：寂静无声。　[54]悠悠者：悠悠众生，泛指世人。 [55]小道：此处指小把戏或小技巧。 [56]少私寡欲：很少有私念和欲望。语出《道德经》第十九章："见素抱朴，少私寡欲。" [57]厚味：美味。害性：损害人的本性。 [58]醇白：纯洁，纯粹。 [59]守之以一：意谓专一精思以通神。语出《庄子·在宥》："我守其一，以处其和。" [60]蒸：进，献。 [61]体妙心玄：意谓人之身心达到精妙玄远的状态。 [62]美门：又作美门高，名子高，传说中的古代仙人。争年：比较岁数大小。

【点评】

嵇康信奉老庄哲学，对老庄的养生理论也是深信不疑。他这篇《养生论》，阐释的就是"神仙可以学得，不死可以力致"的道理。嵇康散文善于说理，先从正面立论：人们虽然没有见过神仙，但前代史籍文献里面有记载，因此一定是有的。从理论上说，如果"导养得理，以尽性命，上获千余岁，下可数百年，可有之耳"。世人不精养生之理，故而莫能得之。他举种田为例，认为一亩收获十斛就是良田，但如果采取区种这种先进方法，就可以达到一亩百斛。种植的方法不同，收获的粮食数量也就非常悬殊。而养生之理和养生之药，就是帮助人们达到养生目的的重要手段。世俗之人不能长寿，是因为"不善持生"。对于世俗养生出现的三种情况，嵇康作了简要分析。尤其是对"自力服药"的人，嵇康认为他们"以躁竞之心，涉希静之途，意速而事迟，望近而应远，故莫能相终"。在文章的最后，嵇康明确指出，善于养生者"清虚静泰，少私寡欲"，"守之以一，养之以和"，然后再辅以养生之术，"无为自得，体妙心玄，忘欢而后乐足，遗生而后身存"。这是《养生论》这篇文章着重要表达的思想。

嵇康非常善于说理。立论之后，围绕作者要表达的核心观点，既正面申论，阐述自己的观点，又反面驳论，驳斥对立的观点。本文通过反复申说，最终证明自己的观点，给人无可辩驳之感，颇有孟子和韩非子文章之遗风。

答向子期难养生论[1]

答曰：所以贵智而尚动者，以其能益生而厚身也[2]。然欲动则悔吝生[3]，知行则前识立[4]；前识立则志开而物遂[5]，悔吝生则患积而身危。二者不藏之于内，而接于外，只足以灾身，非所以厚生也。夫嗜欲虽出于人，而非道之正，犹木之有蝎[6]，虽木之所生，而非木之宜也。故蝎盛则木朽，欲胜则身枯。然则欲与生不并立，名与身不俱存，略可知矣。而世未之悟，以顺欲为得生，虽有厚生之情，而不识生生之理[7]，故动之死地也。是以古之人知酒肉为甘鸩[8]，弃之如遗；识名位为香饵，逝而不顾。使动足资生，不滥于物；知正其身，不营于外；背其所害，向其所利。此所以用智遂生之道也[9]。故智之为美，美其益生而不羡[10]；生之为贵，贵其乐和而不交。岂可疾智而轻身，勤欲而贱生哉？

且圣人宝位[11]，以富贵为崇高者，盖谓人君贵为天子，富有四海。民不可无主而存，主不能无尊而立；故为天下而尊君位，不为一人而重富贵也。又曰："富与贵是人之所欲者，盖为季世恶贫贱而好富贵也[12]。未能外荣华而安贫贱，且抑使由其道而不争，不可令其力争，故许其心竞[13]；中庸不可得[14]，故与其狂狷[15]。"此俗谈耳。不言至人当今贪富贵也。圣人不得已而临天下，以万物为心，在宥群生，由身以道，与天下同于自得；穆然以无事为业，坦尔以天下为公，虽居君位，飨万国，恬若素士接宾客也。虽建龙旗[16]，服华衮[17]，忽若布衣之在身[18]。故君臣相忘于上，蒸民家足于下[19]。岂劝百姓之尊己，割天下以自私，以富贵为崇高，心欲之而不已哉？且子文三显，色不加悦[20]；柳惠三黜，容不加戚[21]。何者？令尹之尊，不若德义之贵；三黜之贱，不伤冲粹之美[22]。二子尝得富贵于其身，终不以人爵婴心[23]，故视荣辱如一。由此言之，岂云欲富贵之情哉？请问锦衣绣裳，不陈于暗室者，何必顾众而动以毁誉为欢戚也？夫然则欲之患其得，得之惧其失，苟患失之，无所不至矣。在上何得不骄？持满何得不溢？求之何得不苟？得之何得不失邪？且君子出其言，善则千里之外应之，岂在于多欲以贵得哉？奉法循理，不絓世网[24]，以无罪自尊，以不仕为逸；游心乎道义，偃息乎卑室，恬愉无遌[25]，而神气条达[26]，岂须荣华然后乃贵哉？耕而为食，蚕而为衣，衣食周身，则余天下之财，犹渴者饮河，快然以足，不羡洪流，岂待积敛然后乃富哉？君子之用心若此，盖将以名位为赘瘤，资财为尘垢也，安用富贵乎？故世之难得者，非财也，非荣也，患意之不足耳！意足者，虽耦耕甽亩[27]，被褐啜菽[28]，莫不自得；不足者，虽养以天下，委以万物，犹未惬然。则足者不须外，不足者无外之不须也。无不须，故无往而不乏；无所须，故无适而不足。不以荣华肆志，不以隐约趋俗，混乎与万物并行，不可宠辱，此真有富贵也。故遗贵欲贵者，贱及之;故忘富欲富者,贫得之。理之然也。今居荣华而忧,虽与荣华偕老,亦所以终身长愁耳。故老子曰:"乐莫大于无忧,富莫大于知足。"此之谓也。

难曰:"感而思室[29],饥而求食,自然之理也。"诚哉是言!今不使不室不食,但欲令室食得理耳。夫不虑而欲,性之动也;识而后感,智之用也。性动者遇物而当,足则无余;智用者从感而求,倦而不已。故世之所患,祸之所由,常在于智用,不在于性动。今使瞽者遇室[30],则西施与嫫母同情[31];聩者忘味[32],则糟糠与精稗等甘。岂识贤愚好丑,以爱憎乱心哉?君子识智以无恒伤生,欲以逐物害性,故智用则收之以恬,性动则纠之以和。使智止于恬,性足于和,然后神以默醇[33],体以和成[34],去累除害,与彼更生[35],所谓不见可欲,使心不乱者也。纵令滋味常染于口,声色已开于心,则可以至理遣之,多算胜之。何以言之也?夫欲官不识君位,思室不拟亲戚,何者?知其所不得,则不当生心也。故嗜酒者自抑于鸩醴[36],贪食者忍饥于漏脯[37],知吉凶之理,故背之不惑,弃之不疑也,岂恨向不得酣饮与大嚼哉?且逆旅之妾[38],恶者以自恶为贵,美者以自美得贱。美恶之形在目,而贵贱不同;是非之情先著,故美恶不能移也。苟云理足于内,乘一以御外[39],何物之能默哉[40]?由此言之,性气自和,则无所困于防闲;情志自平,则无郁而不通。世之多累[41],由见之不明耳。又常人之情,远虽大,莫不忽之;近虽小,莫不存之。夫何故哉?诚以交赊相夺,识见异情也。三年丧不内御[42],礼之禁也,莫有犯者。酒色乃身之仇也[43],莫能弃之。由此言之,礼禁虽小不犯,身仇虽大不弃;然使左手据天下之图[44]，右手旋害其身，虽愚夫不为。明天下之轻于其身，酒色之轻于天下，又可知矣。而世人以身殉之，毙而不悔，此以所重而要所轻[45]，岂非背赊而趣交邪[46]？智者则不然矣，审轻重然后动，量得失以居身。交赊之理同，故备远如近，慎微如著，独行众妙之门[47]，故终始无虞[48]。此与夫耽欲而快意者，何殊间哉？

难曰："圣人穷理尽性，宜享遐期[49]，而尧、孔上获百年[50]，下者七十，岂复疏于导养乎？"案论尧、孔，虽禀命有限[51]，故导养以尽其寿。此则穷理之致，不为不养生得百年也。且仲尼穷理尽性，以至七十；田父以六弊蠢愚[52]，有百二十者。若以仲尼之至妙，资田父之至拙，则千岁之论，奚所怪哉？且凡圣人，有损己为世表行[53]，显功使天下慕之，三徙成都者[54]；或菲饮勤躬[55]，经营四方[56]，心劳形困，趣步失节者[57]；或奇谋潜称，爰及干戈，威武杀伐，功利争夺者；或修身以明污，显智以惊愚，藉名高于一世[58]，取准的于天下。又勤诲善诱，聚徒三千[59]，口倦谈议，身疲磬折[60]，形若救孺子[61]，视若营四海[62]，神驰于利害之端，心骛于荣辱之途，俯仰之间，已再抚宇宙之外者。若比之于内视反听[63]，爱气啬精[64]，明白四达，而无执无为[65]，遗世坐忘[66]，以宝性全真[67]，吾所不能同也。今不言松柏不殊于榆柳也，然〔松柏之生，各以良殖遂性。若养松于灰壤〕[68]，则中年枯陨；树之于重崖，则荣茂日新。此亦毓形之一观也。窦公无所服御[69]，而致百八十，岂非鼓琴和其心哉？此亦养神之一征也。火蚕十八日[70]，寒蚕三十日余[71]，以不得逾时之命，而将养有过倍之隆。温肥者早终，凉瘦者迟竭，断可识矣。圈马养而不乘用[72]，皆六十岁。体疲者速雕，形全者难毙，又可知矣。富贵多残，伐之者众也；野人多寿，伤之者寡也，亦可见矣。今能使目与瞽者同功，口与聩者等味，远害生之具，御益性之物[73]，则始可与言养性命矣。

难曰："神农唱粒食之始[74]，鸟兽以之飞走，生民以之视息。"今不言五谷，非神农所唱也。既言上药，又唱五谷者，以上药希寡，艰而难致，五谷易殖，农而可久，所以济百姓而继夭阙也[75]。并而存之，唯贤者志其大，不肖者志其小耳，此同出一人。至当归止痛[76]，用之不已；耒耜垦辟[77]，从之不辍。何至养命，蔑而不议[78]？此殆玩所先习，怪于所未知。且平原则有枣栗之属，池沼则有菱芡之类，虽非上药，犹比于黍稷之笃恭也[79]。岂云视息之具，唯立五谷哉？又云："黍稷惟馨，实降神祗。"蘋蘩蕴藻[80]，非丰肴之匹；潢污行潦[81]，非重酎之对[82]。荐之宗庙，感灵降祉。是知神飨德之与信，不以所养为生。犹九土述职[83]，各贡方物，以效诚耳。又曰："肴粮入体[84]，益不逾旬，以明宜生之验。"此所以困其体也。今不言肴粮无充体之益，但谓延生非上药之偶耳。请借以为难：夫所知麦之善于菽，稻之胜于稷，由有效而识之；假无稻稷之域，必以菽麦为珍养，谓不可尚矣。然则世人不知上药良于稻稷，犹守菽麦之贤于蓬蒿，而必天下之无稻稷也。若能仗药以自永，则稻稷之贱，居然可知。君子知其若此，故准性理之所宜，资妙物以养身，植玄根于初九[85]，吸朝露以济神。今若以春酒为寿，则未闻高阳有黄发之叟也[86]；若以充性为贤，则未闻鼎食有百年之宾也[87]。且冉生婴疾[88]，颜子短折[89]，穰岁多病，饥年少疾。

故狄食米而生癞疮[90]，得谷而血浮。马秣粟而足重，雁食粒而身留。从此言之，鸟兽不足报功于五谷，生民不足受德于田畴也。而人竭力以营之，杀身以争之。养亲献尊，则惟菊芬粱稻[91]；聘享嘉会，则惟肴馔旨酒[92]。而不知皆淖溺筋腋[93]，易糜速腐。初虽甘香，入身臭腐，竭辱精神，染污六府[94]，郁秽气蒸[95]，自生灾蠹[96]。饕淫所阶[97]，百疾所附。味之者口爽，服之者短祚。岂若流泉甘醴[98]，琼蕊玉英[99]，金丹石菌[100]，紫芝黄精[101]？皆众灵含英，独发奇生，贞香难歇，和气充盈，澡雪五脏，疏彻开明，吮之者体轻。又练骸易气[102]，染骨柔筋，涤垢泽秽[103]，志凌青云。若此以往，何五谷之养哉？且螟蛉有子[104]，果蠃负之[105]，性之变也。橘渡江为枳，易土而变，形之异也。纳所食之气，还质易性，岂不然哉？故赤斧以练丹赪发[106]，涓子以术精久延[107]，偓佺以松实方目[108]，赤松以水玉乘烟[109]，务光以蒲韭长耳[110]，邛疏以石髓驻年[111]，方回以云母变化[112]，昌容以蓬蔂易颜[113]。若此之类，不可详载也。孰云五谷为最，而上药无益哉？

又责千岁以来，目未之见，谓无其人。即问谈者，见千岁人，何以别之？欲校之以形，则与人不异；欲验之以年，则朝菌无以知晦朔[114]，蜉蝣无以识灵龟[115]。然则千岁虽在市朝，固非小年之所辨矣[116]。彭祖七百[117]，安期千年[118]，则狭见者谓书籍妄记。刘根遐寝不食[119]，或谓偶能忍饥；仲都冬裸而体温[120]，夏裘而身凉，桓谭谓偶耐寒暑[121]；李少君识桓公玉碗[122]，则阮生谓之逢占而知[123]；尧以天下禅许由[124]，而扬雄谓好大为之[125]。凡若此类，上以周、孔为关键[126]，毕志一诚[127]；下以嗜欲为鞭策，欲罢不能。驰骛于世教之内[128],争巧于荣辱之间,以多同自减[129],思不出位[130],使奇事绝于所见,妙理断于常论,以言变通达微,未之闻也。久慑闲居,谓之无欢;深恨无肴,谓之自愁。以酒色为供养,谓长生为无聊。然则子之所以为欢者,必结驷连骑[131],食方丈于前也[132]。夫俟此而后为足,谓之天理自然者,皆役身以物,丧志于欲,原性命之情[133],有累于所论矣[134]。

夫渴者唯水之是见,酌者唯酒之是求,人皆知乎生于有疾也。今若以从欲为得性,则渴酌者非病,淫湎者非过,桀、跖之徒皆得自然[135],非本论所以明至理之意也。夫至理诚微[136],善溺于世[137],然或可求诸身而后悟,校外物以知之者[138]。人从少至长,降杀好恶有盛衰[139]。或稚年所乐[140],壮而弃之;始之所薄,终而重之。当其所悦,谓不可夺;值其所丑,谓不可欢;然还城易地[141],则情变于初也。苟嗜欲有变,安知今之所耽不为臭腐,曩之所贱不为奇美耶?假令厮养暴登卿尹[142],则监门之类蔑而遗之[143]。由此言之,凡所区区,一域之情耳,岂必不易哉?又饥飧者,于将获所欲,则悦情注心。饱满之后,释然疏之,或有厌恶。然则荣华酒色,有可疏之时。蚖蛇珍于越土[144],中国遇而恶之[145];黼黻贵于华夏[146],裸国得而弃之[147]。当其无用,皆中国之蚖蛇,裸国之黼黻也。以大和为至乐[148],则荣华不足顾也;以恬淡为至味[149],则酒色不足钦也。苟得意有地,俗之所乐,皆粪土耳,何足恋哉?今谈者不睹至乐之情,甘减年残生[150],以从所愿,此则李斯背儒以殉一朝之欲[151],主父发愤思调五鼎之味耳[152]。且鲍肆自玩而贱兰茝[153],犹海鸟对太牢而长愁[154],文侯闻雅乐而塞耳[155]。故以荣华为生具[156]，谓济万世不足以喜耳。此皆无主于内，借外物以乐之。外物虽丰，哀亦备矣。有主于中，以内乐外，虽无钟鼓，乐已具矣。故得志者，非轩冕也[157]；有至乐者，非充屈也[158]，得失无以累之耳。且父母有疾，在困而瘳[159]，则忧喜并用矣。由此言之，不若无喜可知也。然则乐岂非至乐邪？故顺天和以自然，以道德为师友，玩阴阳之变化，得长生之永久，任自然以托身，并天地而不朽者，孰享之哉？

养生有五难，名利不灭，此一难也；喜怒不除，此二难也；声色不去，此三难也；滋味不绝，此四难也；神虚精散，此五难也。五者必存[160]，虽心希难老，口诵至言，咀嚼英华，呼吸太阳，不能不回其操，不夭其年也。五者无于胸中，则信顺日济[161]，玄德日全[162]，不祈喜而有福，不求寿而自延，此养生大理之所效也。然或有行逾曾闵[163]，服膺仁义[164]，动由中和[165]，无甚大之累，便谓人理已毕，以此自臧[166]，而不荡喜怒、平神气，而欲却老延年者，未之闻也。或抗志希古[167]，不荣名位[168]，因自高于驰骛[169]；或运智御世，不婴祸故，以此自贵。此于用身，甫与乡党齯齿者同耳[170]。以言存生，盖阙如也[171]。或弃世不群，志气和粹[172]，不绝谷茹芝[173]，无益于短期矣。或琼糇既储[174]，六气并御[175]，而能含光内观，凝神复朴，栖心于玄冥之崖[176]，含气于莫大之涘者[177]，则有老可却，有年可延也。凡此数者，合而为用，不可相无，犹辕轴轮辖[178]，不可一乏于舆也。然人若偏见，各备所患，单豹以营内致毙[179]，张毅以趣外失中[180]，齐以戒济西取败[181]，秦以备戎狄自穷[182]，此皆不兼之祸也[183]。积善履信[184]，世屡闻之。慎言语，节饮食，学者识之。过此以往，莫之或知。请以先觉[185]，语将来之觉者。

【注释】

[1]此文是嵇康为回答向秀《难嵇叔夜养生论》而作。 [2]益生：有益于养生。厚身：使身体健康。 [3]欲动：欲望萌动。悔吝：灾祸。 [4]前识：先见之明。语出《道德经》第三十八章："前识者，道之华而愚之始。" [5]志开：兴趣萌生。物遂：物欲得以实现。 [6]蝎（xiē）：蝎虫，一种蚀木蠹虫。 [7]生生：孳息不绝。 [8]甘鸩：甘美的鸩酒，比喻表面诱人而实际害人的东西。 [9]遂生：养生。 [10]羑：多余。 [11]宝位：帝位。语出《周易·系辞下》："圣人之大宝曰位。" [12]季世：末代，末世。 [13]心竞：在道德和智慧层面上的竞争。 [14]中庸：待人接物不偏不倚，无过无不及。 [15]狂狷：志向高远的人和拘谨自守的人。语出《论语·子路》："不得中行而与之，必也狂狷乎！狂者进取，狷者有所不为也。" [16]龙旗：画龙为饰的旗子。原为天子仪仗。《礼记·乐记》："龙旗九旒，天子之旌也。" [17]华衮：古代王公贵族穿的有彩绣图案的礼服。此处指君主。 [18]布衣：原指粗布制作的衣服，后泛指平民百姓。 [19]蒸民：众多的百姓。 [20]"且子文"二句：春秋时期，楚国人子文三次出任令尹，却是面无喜色。 [21]"柳惠"二句：春秋时期，鲁国人柳下惠任士师时，三次遭到贬黜，却是没有一点忧戚的样子。 [22]冲粹：中和纯正。 [23]婴心：关心，挂心。 [24]絓：触犯。世网：此处指法律礼教和人伦道德对人们的束缚。 [25]恬愉：恬淡欢快。遐：

错误。　[26]条达：畅达，通达。　[27]耦耕：二人并耕。泛指从事农业劳动。畇亩：田地。　[28]被褐：穿着粗布短袄。啜菽：吃的是豆类食物。菽，豆类的总称。　[29]思室：意谓丈夫对妻子的思念。室，此处指妻子。　[30]瞽者：先天性失明的人。　[31]西施：春秋时期越国美女，曾被范蠡献给吴王夫差。相传吴国灭亡后，西施随范蠡泛舟五湖。嫫母：古代有名的丑女，传说为黄帝妃。　[32]聩者：先天性耳聋的人。忘味：忘记美味。　[33]默：沉静。醇：淳朴，淳厚。　[34]和：调和，和谐。　[35]更生：再生，死而复生。　[36]鸩醴：有毒的甜酒。　[37]漏脯：挂在屋檐下的肉干。古人认为，屋檐滴下的水有毒，挂在屋檐下的肉干被隔夜的屋檐水沾湿，人食用后会中毒。所以，即使挨饿也不会食用漏脯。　[38]逆旅之妾：语出《庄子·山木》：阳子到宋国去，所住旅舍的主人有两个妾，一个美丽，一个丑陋，丑陋的受到宠爱，美丽的却被冷落。阳子大惑不解，询问原因。旅舍主人告诉他：美丽的自以为美丽，我却不认为她美丽；丑陋的自以为丑陋，我却不认为她丑陋。逆旅，客舍，旅店。　[39]乘一：利用大道。御外：抵御外部干扰。　[40]默：寂静无声。　[41]多累：意谓不能"乘一"，负担太多。累，累赘。　[42]三年丧：古代的居丧制度。臣为君、子为父、妻为夫等要服丧三年。内御：与妻妾同房。　[43]仇：深切的怨恨。　[44]"然使"句：出自《淮南子·泰族训》："使左据天下之图而右刎喉，愚者不为也。"　[45]要：同"邀"。　[46]背赊而趣交：意谓远离那些相距较远的人，转而与身边的人交往。赊，远。交，近。　[47]众妙之门：谓道是通往一切玄妙的大门。语出《道德经》第一章："玄之又玄，众妙之门。"　[48]无虞：没有忧虑。虞，忧虑，忧患。　[49]遐期：高龄，长寿。 [50]尧、孔：尧和孔子。传说尧活了100多岁，孔子活了73岁。文中用"百年""七十"，取其整数。 [51]禀命：受命于天的命运。 [52]六弊：指愚、荡、贼、绞、乱、狂。语出《论语·阳货》："好仁不好学，其蔽也愚；好知不好学，其蔽也荡；好信不好学，其蔽也贼；好直不好学，其蔽也绞；好勇不好学，其蔽也乱；好刚不好学，其蔽也狂。" [53]表行：率先垂范。 [54]三徙成都：传说舜治理天下的时候，三次迁徙，百姓慕德而从，所至之处自然成为都邑。形容圣人所到之处都受到百姓的爱戴。 [55]菲饮：粗劣的饮食。勤躬：勤勉于政事。 [56]经营：谋划治理。 [57]趣：小步快走。步：慢步。 [58]藉：借。 [59]聚徒三千：孔子聚徒讲学，弟子有三千人。 [60]磬折：身体像磬那样弯曲。 [61]形：表面，形式上。孺子：小孩子。 [62]视若：看起来像。营四海：经营天下。 [63]内视反听：既能反省自己的言行，又能听取别人的意见。 [64]爱气啬精：爱啬精气，不随便外泄。 [65]无执无为：无所执持，无所作为。语出《道德经》第六十四章："是以圣人无为，故无败；无执，故无失。" [66]遗世：远离社会。坐忘：指道家所说的物我两忘、与道合一的精神境界。 [67]宝性全真：保全天性。 [68]此十六字，黄省曾本和张溥本皆无。兹据吴宽抄本补。灰壤：地表下层土壤的一种。 [69]窦公：西汉初年的琴师。传说他活了一百八十岁。服御：使用，役使。 [70]火蚕：用火加热升温使之早熟的蚕。 [71]寒蚕：即传说中的冰蚕，以霜雪覆盖之，然后作茧。 [72]围马：圈养的马。用：因此。 [73]御：服用。 [74]神农：炎帝，姜姓部落首领，号神农氏。传说神农发明耒耜，种植五谷。粒食：以谷物为食。 [75]天阏：夭亡，夭折。 [76]当归：一种中药，具有补血活血、调经止痛、润肠通便之功效。[77] 耒耜：古代一种耕地用的农具，长柄称作耒，柄下翻土的部分称作耜。[78] 蔑：蔑视，轻视。[79] 笃恭：纯厚恭敬。[80] 蘋蘩蕴藻：皆为可供食用的水草。蘋，水草名，俗称四叶草。蘩，水草名，又称白蒿。蕴，藻类之一种。藻，泛指各种藻类。[81] 潢污行潦：低处的积水和沟中的流水。泛指污浊之水。[82] 重酎：重酿的醇酒。[83] 九土：九州。此处代指九州地方长官。[84] 肴粮：蔬菜和粮食。[85] 植玄根于初九：意谓道的根本已经植根于易卦初九这一爻之中。玄根，道之根本。语出《道德经》第六章："玄牝之门，是谓天地根。"初九，易卦初爻（最下面的一爻）是阳爻，称为初九。[86] 高阳：古邑名，在今河南杞县西南。秦末郦食其即此乡人，对刘邦自称"高阳酒徒"。故此后便以"高阳酒徒"或"高阳"作为酒徒的代称。黄发：指高寿老人。老人头发白，久之变成黄色，故以黄发指高寿老人。[87] 鼎食：指富贵之家。百年之宾：百岁老人。[88] 冉生：指孔子弟子冉耕。冉耕以德行著称，可惜因病早逝。婴疾：患病。[89] 颜子：颜回，孔子弟子。颜回是孔子的高足，但41岁时就去世了。孔子对颜回早逝感慨道："噫！天丧予，天丧予！"[90] 狄：我国古代把北方的民族称为狄。古代称中原周边各族为四夷，东方为夷，南方为蛮，西方为戎，北方为狄。癞疮：恶疮，顽癣。[91] 菊芬：散发着芬芳的菊花。粱稻：谷物的总称。菊花为敬老之物，粱稻为食用之物。故以菊芬粱稻为养亲献尊之物。[92] 肴馔：丰盛的饭菜。旨酒：美酒。[93] 渌溺：消融。筋腋：筋脉与津液。[94] 六府：即六腑，包括胃、胆、膀胱、小肠、大肠、三焦。[95] 郁秽：使秽气繁盛。[96] 灾蠹：蠹虫灾害。泛指灾害。[97] 饕淫：贪婪淫逸。[98] 流泉甘醴：甘美如醇酒的泉水。[99] 琼蕊玉英：玉之精英，道家养生学所谓的上药。[100] 金丹：古代方士炼金石为丹药，以为服之可以长生。石菌：生长在石上的菌类，灵芝之一种。[101] 紫芝：又称木芝，灵芝中的上品。黄精：中药名，百合科黄精属植物。以上琼蕊玉英、金丹石菌、紫芝黄精，嵇康认为皆是养生的上等药材。[102] 练骸：即道家所谓炼形，指修炼自身形体。易气：指道家所说的呼吸吐纳之术。[103] 涤垢泽秽：洗涤尘垢，消除秽气。[104] 螟蛉：稻螟蛉的幼虫。泛指棉铃虫、稻螟蛉等的幼虫。[105] 果蠃：即螺蠃，细腰蜂。螺蠃常捕捉螟蛉喂养自己的幼虫，故古人以为螺蠃养螟蛉为己子，故把"螟蛉"或"螟蛉子"作为养子的代称。语出《诗经·小雅·小宛》："螟蛉有子，螺蠃负之。"[106] 赤斧：传说中的仙人。善于炼丹，服食丹药三十年，毛发皆赤。赪：红色。[107] 涓子：传说中的仙人。擅长养生术，常服食上药，得以长寿。[108] 渥佺：又作偓佺，传说中的仙人。长期居山中，好食松子，体生长毛，双眼成方形，行走快如飞。[109] 赤松：即赤松子，传说中的仙人。神农时人，服食水玉，能入火自烧。[110] 务光：传说中的仙人。夏时人，耳长七寸，好食蒲韭根，得以长寿。蒲韭：即菖蒲韭。[111] 邛疏：传说中的仙人。西周人，擅长练骸易气，服食石髓，得以长寿。石髓：即石钟乳。[112] 方回：传说为尧时隐士，练食云母，得以长寿成仙。云母：矿物族名。[113] 昌容：传说中的古仙人，长期服用蓬蔂根得以长生，颜如二十岁左右的青年。以上八人故事俱见西汉刘向《列仙传》。[114]"则朝菌"句：此句出自《庄子·逍遥游》："朝菌不知晦朔，蟪蛄不知春秋。"晦朔，农历一个月。晦，农历每月的最后一天；朔，农历每月的第一天。[115] 蜉蝣：虫名，成虫生存期很短。灵龟：神龟。[116] 小年：生命短暂的人。[117] 彭祖：传说中的人物，颛顼玄孙，名铿。传说他活了七百多岁。[118] 安期：即安期生，活了一千岁，人称千岁翁。　[119]刘根：东汉隐士，颍川人。擅长辟谷术。能够长睡多日，不吃不喝。　[120]仲都：王仲都，西汉方士，能忍寒暑，严冬裸卧于池台之上而不冷，酷暑环以十炉火而不出汗。　[121]桓谭：字君山，东汉政论家。其所著《新论》，称仲都"乃以隆冬盛寒日，令袒衣载以驷马，于上林昆明池上环冰而驰。御者厚衣狐裘寒战，而仲都独无变色，卧于池台上，瞫然自若。夏大暑日，使曝坐，环以十炉火，口不言热，而又身不汗出。"　[122]李少君：西汉方士。自言能驱鬼神，令人长寿。汉武帝有一件铜器，问少君，少君说他曾经看见齐桓公把它摆在自己的床头。汉武帝拿起一看其刻字，果然是齐桓公的铜器。嵇康说李少君识桓公玉碗，或指此事。　[123]阮生：或指阮侃。嵇康交往的阮姓士人，有阮籍、阮咸、阮种、阮侃等。嵇康与阮侃有赠答诗。占：占卜。　[124]许由：上古高士。传说尧欲把天下让给许由，许由不受，逃到箕山，农耕而食。尧又欲让许由为九州长。许由闻之，以为尧的话脏了他的耳朵，逃至颍滨洗耳，表示不愿听闻。　[125]扬雄：西汉思想家、文学家。其所著《法言》评尧让天下于许由事，称此事乃"好大者为之"。　[126]关键：门闩或功能类似门闩的东西，比喻事物最关紧要的部分。　[127]毕志：竭尽心意。一诚：诚心如一。　[128]驰骛：驰骋，纵横。世教：当世的正统思想和礼教。　[129]多同自减：多数情况下认同别人，从而减少自己的欲望或想法。　[130]出位：越位，超越本分。语出《论语·宪问》："君子思不出其位。"　[131]结驷连骑：车马连接不断，形容排场很大。　[132]食方丈于前：吃饭时，面前一丈见方的地方都摆满了食物，形容生活非常奢侈。语出《孟子·尽心下》："食前方丈，侍妾数百人，我得志弗为也。"　[133]原：推究，考索。　[134]累：负担,多余。[135]桀、跖:即夏桀和盗跖。桀是夏朝最后一位君主,荒淫无度,暴虐无道,后被商汤所败,出奔南巢,病死在那里。盗跖又称柳下跖,春秋末年农民起义首领,旧时人们认为他是大盗,故称之为"盗跖"。因大肆杀戮而被视为凶恶残暴之人。皆得自然:意谓夏桀和柳下跖的死都是自然死亡。[136]微:微妙。[137]溺:淹没。[138]校(jiào):比较。[139]降(jiàng)杀:递减。[140]稚年:幼年,童年。[141]还城易地:意谓生活环境发生了较大变化。[142]厮养:犹厮役,指从事粗活杂活的仆役。卿尹:九卿和令尹,代指高官。[143]监门:官府衙门的看门人。[144]蚺蛇:蟒蛇。南方人把蟒蛇作为美味。[145]中国:中原地区。古代人们称中原地区为中国。[146]黼黻(fǔ fú):绣有华美花纹的礼服。华夏:指黄河中下游地区,泛指中国。[147]裸国:古国名,传说其地之人皆不穿衣服,故称裸国。[148]大和:非常和谐。[149]恬淡:心情淡泊,不逐名利。[150]残生:残害生命。[151]李斯:秦朝丞相,上蔡人,荀子的弟子。李斯本是儒生,出任秦朝丞相之后,背弃了儒家思想。[152]主父:即主父偃,汉武帝大臣,临淄(今山东淄博市临淄区北)人。他曾言:"丈夫生不五鼎食,死即五鼎烹耳!"[153]鲍肆:卖咸鱼的店铺。贱兰茞:以兰茞为贱。茞,一种香草。[154]太牢:即古代帝王祭祀时牛、羊、猪三牲全备。[155]文侯:指战国时期的魏文侯。据《汉书·礼乐志》记载,魏文侯对子夏说:"寡人听古乐则欲寐,及闻郑卫,余不知倦焉。"[156]生具:治生之具。[157]轩冕:古代大夫以上官员的车乘和冕服,代指高官厚禄。[158]充屈:郁结不解之貌。[159]瘳:病愈。[160]必:果真,确实。[161]信顺:诚信和顺的品格。[162]玄德:自然无为的天性。[163]曾闵:曾参与闵损。二人皆是孔子弟子,以有孝行著称。[164]服膺：衷心信服。[165]中和：中庸平和。[166]臧：好，善。[167]抗志：高尚其志。希古：仰慕古人。[168]不荣名位：不以高官厚禄为荣。[169]驰骛：追逐名利。[170]甫：刚刚。乡党：同乡，乡亲。齯齿：老人齿落后复生的细齿，代指老人。[171]阙如：欠缺，没有。[172]和粹：平和淳朴。[173]绝谷：辟谷。道家的养生术之一。茹芝：服用灵芝，代指服用可以长生的上药。[174]琼粮：精美的干粮。[175]六气：指自然气候变化的六种现象。一说六气为阴、阳、风、雨、晦、明，一说六气为平旦朝霞、日午正阳、日入飞泉、夜半沆瀣、天之气、地之气。[176]玄冥：深远幽寂。[177]浟：边际，极限。[178]辕：车前驾牲口的两根直木。辖：插在轴端孔内的车键，用以固定车轮。[179]单豹：鲁国隐士，擅长养生之术，年过七十而犹有婴儿之色，不幸路遇饿虎而被吃掉。营内：指单豹擅长养生术。[180]张毅：春秋时期鲁国人，行年四十而患内热之病，不幸死亡。趣外失中：奔走于外而失去自我调养。[181]戒济西：戒备济西，指战国时期齐国和燕国的济西之战。齐湣王用苏代之计，戒备济西，威慑赵国。结果却在燕、赵、韩、秦、魏联军的进攻下一败涂地，齐湣王也被以援齐为名的楚将杀害。[182]备戎狄：防备戎狄。秦始皇为防备北方的胡人，派遣大将蒙恬率重兵击胡。此后，西北斥逐匈奴，又征调民工修建长城，消耗了大量人力和财力，使国家陷入穷途末路。[183]不兼：不能兼顾。[184]履信：笃守信用，信守诺言。[185]先觉：认识事理先于常人的人。

【点评】

　　嵇康皈依老庄，笃信养生可以长寿。面对好友向秀的质疑，嵇康针对其疑难，逐条认真辨析。在与向秀进行辩难时，嵇康注重从正面阐述自己的观点，开篇就直截了当地说："贵智而尚动者，以其能益生而厚身也。"人们看重智慧而崇尚行动，是因为它有益于养生长寿，有益于身体健康。嵇康所说的智慧，就是老庄的养生思想；嵇康说的行动，就是按照老庄的养生思想摒除杂念，服食上药，调养六气。至于世人为什么不能长寿，嵇康总结了五个方面的原因，所谓"养生有五难"。五难不除，就会损害性格，影响寿命。如果能够"五者无于胸中"，就会"信顺日济，玄德日全，不祈喜而有福，不求寿而自延"。当然，这只是嵇康个人的认识。人们生活在社会上，可以见素抱朴，减少欲望，但要摒除一切杂念是很困难的。同时，服食上药，调养六气，也不是寻常人能够做到的。所以，即便真有彭祖、安期生那样的长寿者，也确如嵇康所说，"千岁虽在市朝，固非小年之所辨矣"。

嵇康在文章中把个人嗜欲和当时盛行的礼教作为影响人们长寿的重要因素。他所说的"养生五难"，包括名利、喜怒、声色、滋味和神虚精散五个方面。正是这些，使人们难以摆脱各种物欲的诱惑，难以跳出功名利禄的缰锁。为此，嵇康主张人们应回归自然，放任天性，减少束缚。这对当时盛行的礼教是一种无言的反叛，体现出嵇康"越名教而任自然"的理想追求。

声无哀乐论[1]

有秦客问于东野主人曰[2]："闻之前论曰：'治世之音安以乐，

亡国之音哀以思[3]。'夫治乱在政，而音声应之；故哀思之情，表于金石；安乐之象，形于管弦也。又仲尼闻《韶》[4]，识虞舜之德[5]；季札听弦[6]，知众国之风[7]。斯已然之事，先贤所不疑也。今子独以为声无哀乐，其理何居？若有嘉讯[8]，今请闻其说。"

主人应之曰："斯义久滞[9]，莫肯拯救，故令历世滥于名实[10]。今蒙启导，将言其一隅焉[11]。夫天地合德，万物资生，寒暑代往，五行以成。故章为五色，发为五音；音声之作，其犹臭味在于天地之间[12]。其善与不善，虽遭遇浊乱，其体自若而不变也。岂以爱憎易操、哀乐改度哉？及宫商集比[13]，声音克谐，此人心至愿，情欲之所钟。故人知情不可恣，欲不可极，故因其所用，每为之节，使哀不至伤，乐不至淫[14]。〔因事与名物有其号，哭谓之哀，歌谓之乐〕[15]，斯其大较也。然乐云乐云，钟鼓云乎哉[16]？哀云哀云，哭泣云乎哉？因兹而言，玉帛非礼敬之实，歌舞非悲哀之主也。何以明之？夫殊方异俗[17]，歌哭不同。使错而用之，或闻哭而欢，或听歌而戚，然而哀乐之情均也。今用均同之情，而发万殊之声，斯非音声之无常哉？然声音和比[18]，感人之最深者也。劳者歌其事，乐者舞其功。夫内有悲痛之心，则激切哀言。言比成诗[19]，声比成音[20]。杂而咏之，聚而听之，心动于和声[21]，情感于苦言。嗟叹未绝，而泣涕流涟矣。夫哀心藏于内，遇和声而后发。和声无象，而哀心有主。夫以有主之哀心，因乎无象之和声，其所觉悟，唯哀而已。岂复知'吹万不同，而使其自已'哉[22]？风俗之流，遂成其政，是故国史明政教之得失[23]。审国风之盛衰，吟咏情性以讽其上，故曰'亡国之音哀以思'也。夫喜、怒、哀、乐、爱、憎、惭、惧，凡此八者，生民所以接物传情，区别有属，而不可溢者也。夫味以甘苦为称，今以甲贤而心爱，以乙愚而情憎，则爱憎宜属我，而贤愚宜属彼也。可以我爱而谓之爱人，我憎而谓之憎人，所喜则谓之喜味，所怒而谓之怒味哉？由此言之，则外内殊用[24]，彼我异名。声音自当以善恶为主，则无关于哀乐；哀乐自当以情感，则无系于声音。名实俱去，则尽然可见矣。且季子在鲁，采《诗》观礼，以别风雅[25]，岂徒任声以决臧否哉？又仲尼闻《韶》，叹其一致，是以咨嗟，何必因声以知虞舜之德，然后叹美邪？今粗明其一端，亦可思过半矣。"

秦客难曰："八方异俗，歌哭万殊，然其哀乐之情，不得不见也。夫心动于中，而声出于心。虽托之于他音，寄之于余声，善听察者，要自觉之，不使得过也。昔伯牙理琴[26]，而钟子知其所志[27]；隶人击磬[28]，而子产识其心哀[29]；鲁人晨哭，而颜渊审其生离[30]。夫数子者，岂复假智于常音，借验于曲度哉[31]？心戚者则形为之动，情悲者则声为之哀。此自然相应，不可得逃，唯神明者能精之耳[32]。夫能者不以声众为难，不能者不以声寡为易。今不可以未遇善听，而谓之声无可察之理；见方俗之多变，而谓声音无哀乐也。"

又云："贤不宜言爱，愚不宜言憎。然则有贤然后爱生，有愚然后憎成，但不当共其名耳。哀乐之作，亦有由而然。此为声使我哀，音使我乐也。苟哀乐由声，更为有实，何得名实俱去耶？"

又云："'季子采《诗》观礼，以别风雅；仲尼叹《韶》音之一致，是以咨嗟。'是何言欤？且师襄奏操[33]，而仲尼睹文王之容[34]；师涓进曲[35]，而子野识亡国之音[36]。宁复讲《诗》而后下言，习礼然后立评哉？斯皆神妙独见，不待留闻积日，而已综其吉凶矣[37]。是以前史以为美谈。今子以区区之近知，齐所见而为限，无乃诬前贤之识微，负夫子之妙察邪？"

主人答曰："难云'虽歌哭万殊，善听察者，要自觉之，不假智于常音，不借验于曲度，钟子之徒云云是也'。此为心哀者虽谈笑鼓舞[38]，情欢者虽拊膺咨嗟[39]，犹不能御外形以自匿，诳察者于疑似也。以为就令声音之无常，犹谓当有哀乐耳。又曰：'季子听声，以知众国之风；师襄奏操，而仲尼睹文王之容。'案如所云，此为文王之功德，与风俗之盛衰，皆可象之于声音。声之轻重，可移于后世；襄涓之巧，能得之于将来。若然者，三皇五帝可不绝于今日，何独数事哉？若此果然也，则文王之操有常度[40]，《韶》《武》之音有定数[41]，不可杂以他变，操以余声也。则向所谓声音之无常，钟子之触类[42]，于是乎踬矣[43]。若音声无常，钟子触类，其果然耶？则仲尼之识微，季札之善听，固亦诬矣。此皆俗儒妄记，欲神其事而追为耳，欲令天下惑声音之道，不言理自尽此。而惟使神妙难知，恨不遇奇听于当时，慕古人而自叹，斯所以大罔后生也[44]。夫推类辨物，当先求之自然之理；理已定，然后借古义以明之耳。今未得之于心，而多恃前言以为谈证，自此以往，恐巧历不能纪耳。又难云：'哀乐之作，犹爱憎之由贤愚。此为声使我哀，而音使我乐；苟哀乐由声，更为有实矣。'夫五色有好丑，五声有善恶，此物之自然也。至于爱与不爱，喜与不喜，人情之变，统物之理，唯止于此；然皆无豫于内[45]，待物而成耳。至夫哀乐自以事会，先遘于心 [46]，但因和声以自显发。故前论已明其无常，今复假此谈以正名号耳 [47]。不谓哀乐发于声音，如爱憎之生于贤愚也。然和声之感人心，亦犹酒醴之发人情也。酒以甘苦为主，而醉者以喜怒为用。其见欢戚为声发，而谓声有哀乐，犹不可见喜怒为酒使，而谓酒有喜怒之理也。"

秦客难曰："夫观气采色 [48]，天下之通用也。心变于内，而色应于外，较然可见，故吾子不疑。夫声音，气之激者也。心应感而动，声从变而发。心有盛衰，声亦降杀。同见役于一身，何独于声便当疑耶！夫喜怒章于色诊 [49]，哀乐亦宜形于声音。声音自当有哀乐，但暗者不能识之。至钟子之徒，虽遭无常之声，则颖然独见矣 [50]。今蒙瞽面墙而不悟 [51]，离娄照秋毫于百寻 [52]。以此言之，则明暗殊能矣。不可守咫尺之度，而疑离娄之察；执中庸之听，而猜钟子之聪，皆谓古人为妄记也。"

主人答曰："难云：'心应感而动，声从变而发，心有盛衰，声亦降杀。哀乐之情，必形于声音，钟子之徒，虽遭无常之声，则颖然独见矣。'必若所言，则浊质之饱 [53]，首阳之饥 [54]，卞和之冤 [55]，伯奇之悲 [56]，相如之含怒 [57]，不赡之怖祇 [58]，千变百态，使各发一咏之歌，同启数弹之微，则钟子之徒，各审其情矣。尔为听声者，不以寡众易思；察情者，不以大小为异。同出一身者，期于识之也。设使从下出，则子野之徒，亦当复操律鸣管，以考其音，知南风之盛衰 [59]，别雅、郑之淫正也 [60]！夫食辛之与甚嚏 [61]，薰目之与哀泣，同用出泪，使狄牙尝之 [62]，必不言乐泪甜而哀泪苦，斯可知矣。何者？肌液肉汗，踧笮便出 [63]，无主于哀乐。犹筵酒之囊漉[64]，虽笮具不同[65]，而酒味不变也。声俱一体之所出，何独当含哀乐之理耶？且夫《咸池》《六茎》《大章》《韶》《夏》[66]，此先王之至乐，所以动天地、感鬼神者也。今必云声音莫不象其体而传其心[67]，此必为至乐不可托之于瞽史[68]，必须圣人理其弦管，尔乃雅音得全也。舜命夔击石拊石[69]，八音克谐，神人以和[70]。以此言之，至乐虽待圣人而作，不必圣人自执也。何者？音声有自然之和，而无系于人情。克谐之音，成于金石[71]；至和之声，得于管弦也[72]。夫纤毫自有形可察，故离瞽以明暗异功耳[73]。若以水济水[74]，孰异之哉？"

秦客难曰："虽众喻有隐，足招攻难[75]，然其大理当有所就。若葛卢闻牛鸣[76]，知其三子为牺；师旷吹律[77]，知南风不竞，楚师必败；羊舌母听闻儿啼[78]，而审其丧家。凡此数事，皆效于上世，是以咸见录载。推此而言，则盛衰吉凶，莫不存乎声音矣。今若复谓之诬罔，则前言往记，皆为弃物，无用之也。以言通论，未之或安。若能明斯所以[79]，显其所由，设二论俱济，愿重闻之。"

主人答曰："吾谓能反三隅者[80]，得意而忘言，是以前论略而未详。今复烦循环之难[81]，敢不自一竭邪？夫鲁牛能知牺历之丧生，哀三子之不存，含悲经年，诉怨葛卢。此为心与人同，异于兽形耳。此又吾之所疑也。且牛非人类，无道相通，若谓鸟兽皆能有言，葛卢受性独晓之，此为称其语而论其事，犹传译异言耳[82]，不为考声音而知其情，则非所以为难也。若谓知者为当，触物而达，无所不知，今且先议其所易者。请问：圣人卒入胡域[83]，当知其所言否乎？难者必曰知之。知之之理何以明之？愿借子之难，以立鉴识之域。或当与关接识其言耶[84]？将吹律鸣管校其音耶？观气采色和其心耶？此为知心自由气色，虽自不言，犹将知之，知之之道，可不待言也。若吹律校音以知其心，假令心志于马而误言鹿，察者固当由鹿以知马也。此为心不系于所言，言或不足以证心也。若当关接而知言，此为孺子学言于所师，然后知之，则何贵于聪明哉？夫言，非自然一定之物，五方殊俗，同事异号，举一名以为标识耳。夫圣人穷理，谓自然可寻，无微不照[85]。苟无微不照，理蔽则虽近不见，故异域之言，不得强通。推此以往，葛卢之不知牛鸣，得不全乎？又难云：'师旷吹律，知南风不竞，楚多死声。'此又吾之所疑也。请问：师旷吹律之时，楚国之风耶则相去千里，声不足达，若正识楚风来入律中耶？则楚南有吴、越[86]，北有梁、宋，苟不见其原，奚以识之哉？凡阴阳愤激，然后成风。气之相感，触地而发。何得发楚庭[87]，来入晋乎？且又律吕分四时之气耳，时至而气动，律应而灰移[88]，皆自然相待，不假人以为用也。上生下生[89]，所以均五声之和[90]，叙刚柔之分也。然律有一定之声，虽冬吹中吕[91]，其音自满而无损也。今以晋人之气，吹无韵之律，楚风安得来入其中，与为盈缩耶？风无形，声与律不通，则校理之地，无取于风，律不其然乎？岂独师旷多识博物，自有以知胜败之形，欲固众心，而托以神微，若伯常骞之许景公寿哉[92]？又难云：'羊舌母听闻儿啼，而审其丧家。'复请问：何由知之？为神心独悟暗语而当耶[93]？尝闻儿啼若此，其大而恶。今之啼声似昔之啼声也，故知其丧家耶？若神心独悟暗语之当，非理之所得也。虽曰听啼，无取验于儿声矣。若以尝闻之声为恶，故知今啼当恶，此为以甲声为度，以校乙之啼也[94]。夫声之于音，犹形之于心也。有形同而情乖，貌殊而心均者。何以明之？圣人齐心等德，而形状不同也。苟心同而形异，则何言乎观形而知心哉？且口之激气为声，何异于籁籥纳气而鸣耶[95]？啼声之善恶，不由儿口吉凶，犹琴瑟之清浊，不在操者之工拙也。心能辨理善谈，而不能令籁籥调利，犹瞽者能善其曲度，而不能令器必清和也。器不假妙瞽而良，籥不因慧心而调。然则心之与声，明为二物。二物之诚然，则求情者不留观于形貌[96]，揆心者不借听于声音也[97]。察者欲因声以知心，不亦外乎？今晋母未得之于考试[98]，而专信昨日之声，以证今日之啼。岂不误中于前世，好奇者从而称之哉？"

秦客难曰："吾闻败者不羞走[99]，所以全也。吾心未厌[100]，而言于难，复更从其余。今平和之人，听筝笛琵琶，则形躁而志越；闻琴瑟之音，则听静而心闲。同一器之中，曲用每殊，则情随之变：奏秦声则叹羡而慷慨，理齐楚则情一而思专，肆姣弄则欢放而欲惬[101]。心为声变，若此其众。苟躁静由声，则何为限其哀乐，而但云至和之声，无所不感，托大同于声音，归众变于人情？得无知彼不明此哉？"

主人答曰："难云：'琵琶筝笛，令人躁越[102]。'又云：'曲用每殊[103]，而情随之变。'此诚所以使人常感也。琵琶筝笛，间促而声高[104]，变众而节数[105]，以高声御数节，故使形躁而志越。犹铃铎警耳，而钟鼓骇心，故'闻鼓鼙之音，则思将帅之臣[106]'。盖以声音有大小，故动人有猛静也。琴瑟之体，间辽而音埤[107]，变希而声清[108]，以埤音御希变，不虚心静听，则不尽清和之极，是以听静而心闲也。夫曲用不同,亦犹殊器之音耳。齐楚之曲,多重故情一,变妙故思专。姣弄之音,挹众声之美[109],会五音之和,其体赡而用博,故心役于众理;五音会,故欢放而欲惬。然皆以单、复、高、埤、善、恶为体[110],而人情以躁、静、〔专、散为应。譬犹游观于都肆[111],则目滥而情放;留察于曲度,则思静〕而容端[112]。此为声音之体,尽于舒疾[113]。情之应声,亦止于躁静耳。夫曲用每殊,而情之处变,犹滋味异美,而口辄识之也。五味万殊,而大同于美;曲变虽众,亦大同于和。美有甘,和有乐。然随曲之情尽于和域,应美之口绝于甘境,安得哀乐于其间哉?然人情不同,自师所解,则发其所怀。若言平和,哀乐正等,则无所先发,故终得躁静。若有所发,则是有主于内,不为平和也。以此言之,躁静者声之功也,哀乐者情之主也。不可见声有躁静之应,因谓哀乐者皆由声音也。且声音虽有猛静,猛静各有一和,和之所感,莫不自发。何以明之?夫会宾盈堂,酒酣奏琴,或忻然而欢,或惨尔而泣,非进哀于彼,导乐于此也。其音无变于昔,而欢戚并用,斯非'吹万不同'耶?夫唯无主于喜怒,亦应无主于哀乐,故欢戚俱见。若资偏固之音,含一致之声,其所发明,各当其分,则焉能兼御群理[114],总发众情耶?由是言之,声音以平和为体,而感物无常;心志以所俟为主,应感而发。然则声之与心,殊途异轨,不相经纬[115],焉得染太和于欢戚,缀虚名于哀乐哉?"

秦客难曰:"论云:'猛静之音,各有一和。和之所感,莫不自发,是以酒酣奏琴,而欢戚并用。'此言偏并之情先积于内[116],故怀欢者值哀音而发,内戚者遇乐声而感也。夫音声自当有一定之哀乐，但声化迟缓，不可仓卒，不能对易[117]。偏重之情，触物而作[118]，故令哀乐同时而应耳。虽二情俱见，则何损于声音有定理耶？"

主人答曰："难云：'哀乐自有定声，但偏重之情，不可卒移，故怀戚者遇乐声而哀耳。'即如所言，声有定分。假使《鹿鸣》重奏[119]，是乐声也。而令戚者遇之，虽声化迟缓，但当不能使变令欢耳，何得更以哀耶？犹一爝之火[120]，虽未能温一室，不宜复增其寒矣。夫火非隆寒之物，乐非增哀之具也。理弦高堂而欢戚并用者，直至和之发滞导情[121]，故令外物所感得自尽耳。难云：'偏重之情，触物而作，故令哀乐同时而应耳。'夫言哀者，或见几杖而泣[122]，或睹舆服而悲[123]，徒以感人亡而物存，痛事显而形潜，其所以会之，皆自有由，不为触地而生哀，当席而泪出也。今见几杖以致感，听和声而流涕者，斯非和之所感，莫不自发也。"

秦客难曰："论云：'酒酣奏琴，而欢戚并用。'欲通此言，故答以偏情感物而发耳。今且隐心而言，明之以成效。夫人心不欢则戚，不戚则欢，此情志之大域也。然泣是戚之伤，笑是欢之用。盖闻齐楚之曲者，唯睹其哀涕之容，而未曾见笑噱之貌。此必齐楚之曲，以哀为体。故其所感，皆应其度量。岂徒以多重而少变，则致情一而思专耶？若诚能致泣，则声音之有哀乐，断可知矣。"

主人答曰："虽人情感于哀乐，哀乐各有多少。又哀乐之极，不必同致也。夫小哀容坏，甚悲而泣，哀之方也；小欢颜悦，至乐心愉，乐之理也。何以言之？夫至亲安豫[124]，则恬若自然所自得也。及在危急，仅然后济[125]，则抃不及舞[126]。由此言之，舞之不若向之自得，岂不然哉？至夫笑噱虽出于欢情，〔然自以理成，又非〕自然应声之具也[127]。此为乐之应声，以自得为主；哀之应感，以垂涕为故。垂涕则形动而可觉，自得则神合而无忧。是以观其异而不识其同，别其外而未察其内耳。然笑噱之不显于声音，岂独齐楚之曲耶？今不求乐于自得之域，而以无笑噱谓齐楚体哀，岂不知哀而不识乐乎？"

秦客问曰："仲尼有言：'移风易俗，莫善于乐[128]。'即如所论，凡百哀乐[129]，皆不在声，则移风易俗，果以何物耶？又古人慎靡靡之风[130]，抑慆耳之声[131]，故曰：'放郑声，远佞人[132]。'然则郑卫之音击鸣球以协神人[133]，敢问郑雅之体，隆弊所极[134]，风俗称易，奚由而济？愿重闻之，以悟所疑。"

主人应之曰："夫言移风易俗者，必承衰弊之后也[135]。古之王者，承天理物[136]，必崇简易之教，御无为之治。君静于上，臣顺于下，玄化潜通[137]，天人交泰。枯槁之类，浸育灵液[138]。六合之内，沐浴鸿流[139]。荡涤尘垢，群生安逸。自求多福，默然从道，怀忠抱义，而不觉其所以然也。和心足于内，和气见于外，故歌以叙志，舞以宣情。然后文之以采章，照之以风雅，播之以八音，感之以太和，导其神气，养而就之。迎其情性，致而明之，使心与理相顺，气与声相应，合乎会通，以济其美。故凯乐之情[140]，见于金石，含弘光大[141]，显于音声也。若以往则万国同风，芳荣济茂，馥如秋兰，不期而信[142]，不谋而成，穆然相爱，犹舒锦彩，而粲炳可观也。大道之隆，莫盛于兹，太平之业，莫显于此。故曰'移风易俗，莫善于乐'。乐之为体，以心为主。故无声之乐，民之父母也。至八音会谐，人之所悦，亦总谓之乐。然风俗移易，本不在此也。夫音声和比，人情所不能已者也。是以古人知情之不可放，故抑其所遁；知欲之不可绝，故因其所自，为可奉之礼，制可导之乐。口不尽味，乐不极音。揆终始之宜，度贤愚之中。为之检则[143]，使远近同风，用而不竭，亦所以结忠信，著不迁也。故乡校庠塾亦随之变[144]，丝竹与俎豆并存[145]，羽毛与揖让俱用[146]，正言与和声同发。使将听是声也，必闻此言；将观是容也，必崇此礼。礼犹宾主升降，然后酬酢行焉。于是言语之节，声音之度，揖让之仪，动止之数，进退相须，共为一体。君臣用之于朝，庶士用之于家。少而习之，长而不怠，心安志固，从善日迁。然后临之以敬，持之以久而不变，然后化成。此又先王用乐之意也。故朝宴聘享[147]，嘉乐必存。是以国史采风俗之盛衰，寄之乐工，宣之管弦，使言之者无罪，闻之者足以自诫。此又先王用乐之意也。若夫郑声，是音声之至妙。妙音感人，犹美色惑志。耽槃荒酒[148]，易以丧业，自非至人，孰能御之？先王恐天下流而不反[149]，故具其八音，不渎其声[150]；绝其大和，不穷其变。捐窈窕之声[151]，使乐而不淫。犹大羹不和[152]，不极勺药之味也[153]。若流俗浅近，则声不足悦，又非所欢也。若上失其道，国丧其纪，男女奔随，淫荒无度，则风以此变，俗以好成。尚其所志，则群能肆之。乐其所习，则何以诛之？托于和声，配而长之，诚动于言，心感于和，风俗一成，因而名之。然所名之声，无中于淫邪也。淫之与正同乎心，雅郑之体[154]，亦足以观矣！"

【注释】

　　[1]这是嵇康为答客问而撰写的一篇文章。文章重点阐述了声（音乐）没有哀乐等感情色彩的问题。　[2]秦客：来自秦地的客人。嵇康寓居山阳，与阮籍等人为竹林之游，常有客人拜访。秦客或为嵇康虚设人物。东野主人：此乃嵇康的代称。东野，复姓。　[3]"治世之音"二句：出自《礼记·乐记》："治世之音安以乐，其政和；乱世之音怨以怒，其政乖；亡国之音哀以思，其民困；声音之道，与政通矣。"秦客所言，是基于传统的说法。　[4]仲尼：孔子的字。《韶》：古代乐舞名，相传是舜时之乐舞。　[5]虞舜：舜号有虞氏，故称虞舜。　[6]季札：春秋时期吴国公子。他出使鲁国，鲁国为他表演周乐（即《诗经》），季札逐一予以评论，世称季札观乐或季札听弦。　[7]众国：指西周时期的诸侯国。风：诸侯国的民歌。《诗经》中有"国风"。　[8]嘉讯：高妙之论。　[9]斯义：指音乐有无哀乐的问题。滞：停滞。　[10]滥于名实：指纠缠于概念和事实。滥，泛滥。名实，名称概念和客观事实。　[11]一隅：一个角落。此为谦辞，意谓一己之见。　[12]臭（xiù）味：气味。　[13]宫商集比：此处指把五音集中在一起使之和谐。宫商，五音中的宫音与商音。此处代指音乐。集比，集中比较。　[14]哀不至伤，乐不至淫：此二句化用《论语·八佾》孔子评价《诗经·周南·关雎》"乐而不淫，哀而不伤"之句。淫，放纵，沉溺。　[15]"因事"三句：各本无，兹据吴宽抄本补。此三句把哀乐与哭歌对应起来，为下文论述声无哀乐奠定了基础。　[16]"然乐云"二句：出自《论语·阳货》。　[17]殊方异俗：不同的地方，有不同的民风民俗。　[18]和比：和谐地排列。　[19]言比：语言文字的和谐。　[20]声比：声调音律的

和谐。 [21]和声：和谐的音乐。 [22]"吹万"二句：语出《庄子·齐物论》："夫天籁者，吹万不同，而使其自已（己）也。"吹万不同，风吹万窍，发出各自不同的声音。 [23]国史：古代的史官。 [24]殊用：不同的功用。 [25]风雅：指《诗经》中的国风和大雅、小雅。 [26]伯牙：即俞伯牙，古代善于鼓琴者。俞伯牙鼓琴，无论志在高山，还是志在流水，钟子期都能说出其所要表达的志向，被俞伯牙视为知音。钟子期死后，俞伯牙以为知音不再，终身不复弹琴。 [27]钟子：即钟子期。 [28]隶人：地位低下的官吏。磬：一种打击乐器，用玉或石制成，形如曲尺。 [29]子产：名侨，号成子，出身郑国贵族，长期任郑国相。 [30]颜渊：即颜回，字子渊，孔子最得意的弟子。《孔子家语·颜回》载，颜回侍孔子侧，闻哭者声甚哀。孔子问颜回，那人为什么哭泣。颜回回答说，这哭声不仅为死者，而且还为生离别者。 [31]曲度：歌曲的节拍、音调。 [32]神明：如神明般通晓明白。 [33]师襄：亦称师襄子，春秋时期鲁国的乐官，孔子的老师之一。善于击磬，亦擅弹琴。操：琴曲曲式。 [34]文王：指周文王。即姬昌，殷商末年封西伯。他勤政爱民，善施仁德，深得百姓爱戴。 [35]师涓：春秋时期卫国人，著名音乐家，善于弹琴，喜欢收集和整理民间音乐。 [36]子野：即师旷，字子野，春秋时期晋国乐师。师涓随卫灵公到晋国，为晋平公弹奏新声。师旷听出是殷商末年的靡靡之音，不待师涓弹奏完毕就上前制止，说："此亡国之声，不可遂也。" [37]综：梳理，辨析。 [38]鼓舞：击鼓跳舞。 [39]拊膺：拍胸，表示悲痛。咨嗟：叹息。 [40]常度：一定的法度、规则。 [41]《韶》《武》：《韶》乐和《武》乐。《韶》是舜时乐曲，《武》是周代乐曲。泛指高雅的古乐。定数：规定的数目。［42］触类：接触相类的事物。［43］踬：失败。［44］罔：欺骗。［45］豫：预先，事先。［46］遘：同"构"，构成。［47］假：借。名号：名称，称号。［48］观气采色：观察气色和神态。［49］章：同"彰"，彰显。色诊：脸色。黄省曾本作"颜色"。［50］颖然：卓越貌。［51］蒙瞽：盲人。［52］离娄：传说中视力特别强的人。寻：古代长度单位，一寻为八尺。［53］浊质：指汉代富豪浊氏和质氏。［54］首阳：指伯夷和叔齐。伯夷、叔齐是孤竹君之子。殷商灭亡后，他们隐居于首阳山，义不食周粟，饿了就采食首阳山的野菜，最后饿死在首阳山。［55］卞和：春秋时期楚国人，得荆山之玉，两次献给楚王，都被诬陷为欺诈，先后被砍去了双脚。［56］伯奇：古代孝子，相传为西周尹吉甫之子。遭后母馋毁，失去父爱，被放逐于原野，作《履霜操》，述说遭受馋毁的悲愤。尹吉甫闻而感悟。［57］相如：指战国时期赵国大臣蔺相如。他随赵王赴渑池会秦王。秦王在宴会时提出了一些无礼要求，蔺相如以其忠勇智慧，使赵王免受屈辱。［58］不赡：即春秋时期齐国人陈不占。陈不占闻崔杼杀齐庄公，将赴之。给他驾车的人劝他不要去了，他说："死君，义也；无勇，私也。不以私害公。"陈不占终于还是去了。但到了那里以后，被战斗的声音吓死了。［59］知南风之盛衰：出自春秋时期师旷的故事。据《左传·襄公十八年》记载，师旷吹奏律管，感知到南风微弱，由此推知楚军将败。［60］别雅、郑之淫正：出自春秋时期季札的故事。据《左传·襄公二十九年》记载，季札出使鲁国，鲁国为其演奏周乐（即《诗经》），季札逐一予以评论。［61］辛：辣。噱（jué）：大笑。［62］狄牙：即易牙，春秋时期齐桓公近臣。官为雍人（主烹割之官），长于烹饪，善于逢迎。传说他曾经把自己的儿子做成羹，献给齐桓公以求宠。 [63]踧笮（cù zé）：压榨，挤压。 [64]簁（shāi）：筛子，此用作动词。囊漉：过滤袋。 [65]笮具：挤压所用的工具。 [66]《咸池》《六茎》《大章》《韶》《夏》：上古音乐。《咸池》传说为尧之乐（一说为黄帝之乐），《六茎》为颛顼之乐，《大章》为尧乐，《韶》为舜乐，《夏》为禹乐。 [67]体：形式，外在形象。 [68]瞽史：乐师与史官的并称。 [69]夔：舜的乐官。击石拊石：敲打石磬。 [70]"八音"二句：出自《尚书·舜典》："八音克谐，无相夺伦，神人以和。"八音，乐器的统称。八音通常指金、石、丝、竹、匏、土、革、木八种不同材质的乐器。克谐，能够和谐。 [71]金石：此处指打击乐器。 [72]管弦：此处指吹奏乐器和弹奏乐器。 [73]离瞽：离娄和瞽者。 [74]以水济水：在水中再加水，比喻用同样的事例相互说明。 [75]攻难：质疑和诘难。 [76]葛卢：春秋时期介国国君。他到鲁国去，在鲁僖公的宴会上，他听到牛鸣，对鲁僖公说："那头牛是在说，它的三个儿子都要用来作祭祀的牺牲品了。" [77]吹律：吹奏律管。 [78]羊舌母：春秋时期羊舌肸之母。据《国语·晋语八》记载，羊舌母得知羊舌肸生子，前往看视，听到婴儿的哭声，就转身返回，说："其声，豺狼之声。终灭羊舌氏之宗者，必是子也。" [79]明斯所以：说明这些故事的原因。 [80]反三隅：举一反三之谓。语出《论语·述而》："举一隅，不以三隅反，则不复也。" [81]循环之难：从结束又回到开始，反复诘难。 [82]传译：转译，翻译。 [83]卒：突然。胡域：胡人居住生活的地方。古代称北部或西域的民族为胡人。 [84]关接：接触，交往。 [85]照：知晓。 [86]吴、越：春秋时期的诸侯国吴国和越国。下文的梁、宋，也是春秋时期的诸侯国。 [87]楚庭：楚国宫廷。[88]灰：指灰管，古代候验节气变化的器具。把葭莩之灰置于律管之中，灰随节气变化而飞动。[89]上生下生：古代律学所用术语。古代律学有三分损益法，以"宫"为基本音，经过多次三分损益，就可以得出其他四个音阶。求上方五度音之律，称为"下生"；求下方四度音之律，称为"上生"。从一律开始，下生五次，上生六次，可以得出十二律。[90]五声：指宫、商、角、徵、羽。[91]中吕：十二律的第六律，为四月之律。[92]伯常骞：春秋时期周的史官，后入齐。据《晏子春秋·内篇杂下》记载，齐景公时，伯常骞赴齐，对齐景公说，可以为他增寿九年，并说增寿成功的征兆是会发生地震。他这种伎俩最终被晏婴揭穿。[93]神心：神灵之心。暗语：暗中告诉。[94]校：验证，查验。[95]籁箫：箫和箫，用竹制作的管乐器。[96]求情：索求于情感。[97]揆心：揣度于人心。[98]晋母：此处指羊舌肸之母。考试：考察，测试。[99]不羞走：不以逃跑为羞耻。[100]厌：满足。[101]肆：纵情。姣弄：美妙的曲调。欲慊：心满意足。[102]躁越：激越，情绪激昂。[103]曲用：音乐的功用。[104]间促：音调之间相隔时间较短。[105]节数：节奏频率快速变化。[106]"闻鼓鼙"二句：听到军中的战鼓之声，就想起能够率兵打仗的将帅。语出《礼记·乐记》："君子听鼓鼙之声，则思将帅之臣。"[107]间辽：音调之间相隔时间较长。埤：低。[108]变希：节奏频率变化较慢。[109]挹：取。[110]体：本体。[111]都肆：城市里的店铺。[112]"专、散……思静"二十五字：各本无，据吴宽抄本补。[113]舒疾：缓慢和快速。[114]群理：各种道理。[115]经纬：经线和纬线。此处用来比喻声与心互不相干。[116]偏并：偏重，倾向性。[117]对易：彼此易位。　[118]作：兴起，发生。　[119]《鹿鸣》：指《诗经·小雅·鹿鸣》，为古代欢宴嘉宾之作。　[120]爝（jué）：火把。　[121]直：通"值"，当，正值。发滞导情：疏导瘀滞之情。　[122]几杖：几案和手杖。老年人靠身和行走常常借助几杖，此处是说老人生前所用的物品。　[123]舆服：车舆冠服和相关仪仗，用以表示尊卑等级。　[124]至亲：血缘关系最近的亲人和戚属。安豫：平安快乐。　[125]济：拯救。　[126]抃：鼓掌表示欢喜。　[127]"然自以理成，又非"七字：各本缺，据吴宽抄本补。　[128]"移风"二句：出自《孝经·广要道》，意谓音乐是移风易俗的最好形式。　[129]凡百：一切，所有。　[130]靡靡之风：即靡靡之音。　[131]愔：愉悦。　[132]"放郑声"二句：出自《论语·卫灵公》："放郑声，远佞人。郑声淫，佞人殆。"　[133]击鸣球：敲击玉磬。语出《尚书·益稷》："戛击鸣球，搏拊琴瑟以咏。"　[134]隆弊：兴废，盛衰。　[135]衰弊：衰败。　[136]承天理物：秉承天命，治理社会。　[137]玄化：圣德教化。　[138]灵液：滋育万物的雨露。　[139]鸿流：广为流布的德化。　[140]凯乐：欢乐，和乐。　[141]含弘光大：形容人的胸怀宽宏大量。　[142]期：约定。　[143]检则：法式，规范。　[144]乡校：古代地方学校，也是平民议政论事的地方。庠塾：泛指地方学校。《礼记·学记》："古之教者，家有塾，党有庠。"　[145]丝竹：弦乐和管乐，代指音乐。俎豆：祭祀宴飨盛食物用的礼器，代指礼教。　[146]羽毛：飞禽与走兽，代指祭祀所用牺牲。揖让：作揖表示谦让，代指礼仪。　[147]聘享：聘问献纳。聘问必有宴享，故称聘享。语出《仪礼·聘礼》："受夫人之聘璋，享玄纁。"　[148]耽槃：耽于享乐。荒酒：因沉湎于酒而荒废正业。　[149]反：同"返"。此处意谓返回正途。 [150]渎：亵渎。 [151]窈窕之声：指女性美妙动听的声音。 [152]大羹：不用五味调料调制的肉羹。 [153]勺药：即芍药，药草名，五味调料的合剂。 [154]雅郑：小雅、大雅和郑声。小雅和大雅为雅正之乐，郑声素被视为"淫声"。

【点评】

嵇康主张音乐没有哀乐之分。但是，他这种主张遭到了秦客的质疑，于是与秦客就音乐有没有哀乐之别进行了一场辩难。秦客熟知音乐，对与音乐相关的历史典故也非常熟悉。他反复举证历史上和传说中音乐与哀乐相关的事例，以证明自己的观点：音乐有哀乐之别。秦客认为，音乐是人们情感的表达，而人们的情感是有哀乐之分的。嵇康认为，音乐是自然之声形成的和乐，而哀乐则是人们内心情感的表现。音乐没有哀乐之分。人们之所以听到音乐会产生哀乐之情，是因为音乐和谐的旋律触动了人们的情感，产生了感化作用。嵇康和秦客对音乐有无哀乐的看法迥然有异。从文章来看，二人似乎谁也没有能够说服对方，最终也没有形成一致的看法。

从二人的论难来看，秦客的观点比较符合儒家的思想，因而也是当时比较流行的观点。孔子把音乐视为教化世风的最好形式，说过"移风易俗，莫善于乐"这样的话。而嵇康以老庄为皈依，素以"非汤、武而薄周、孔"著称，不仅时常做一些令人困惑的事情，而且常常有一些不合时宜的看法。但嵇康从不把自己的观点强加于人，而是善于说理，以理服人。嵇康非常善于辩难，在声无哀乐这个问题上，秦客本来占有很大的优势，他也不断地用既有的事例来说明自己的观点，试图说服嵇康。但他并没有在立论的基础上下功夫，对嵇康提出的"声音自当以善恶为主，则无关于哀乐；哀乐自当以情感，则无系于声音"的观点，秦客虽不赞成，却找不到其立论的瑕疵，因而始终难以对嵇康的观点有力反驳。而嵇康也正是通过对声无哀乐观点的阐发，从理论上对儒家礼教进行非难，驳斥了儒家礼教的一些基本观点，让人们对音乐的本体和功能有了新的认识。

释私论

夫称君子者，心无措乎是非[1]，而行不违乎道者也[2]。何以言之？夫气静神虚者[3]，心不存于矜尚[4]；体亮心达者[5]，情不系于所欲。矜尚不存乎心，故能越名教而任自然[6]；情不系于所欲，故能审贵贱而通物情[7]。物情顺通，故大道无违。越名任心，故是非无措也。是故，言君子则以无措为主，以通物为美；言小人则以匿情为非[8]，以违道为阙。何者？匿情矜吝[9]，小人之至恶；虚心无措，君子之笃行也。是以大道言"及吾无身，吾又何患[10]？"无以生为贵者，是贤于贵生也[11]。由斯而言，夫至人之用心，固不存有措矣。是故伊尹不惜贤于殷汤[12]，故世济而名显；周旦不顾嫌而隐行[13]，故假摄而化隆；夷吾不匿情于齐桓[14]，故国霸而主尊。其用心岂为身而系乎私哉！故《管子》曰："君子行道，忘其为身[15]。"斯言是矣！君子之行贤也，不察于有度而后行也；任心无邪，不议于善而后正也；显情无措，不论于是而后为也。

是故傲然忘贤[16]，而贤与度会[17]；忽然任心，而心与善遇；傥然无措[18]，而事与是俱也。故论公私者，虽云志道存善，心无凶邪，无所怀而不匿者，不可谓无私。虽欲之伐善[19]，情之违道，无所抱而不显者，不可谓不公。今执必公之理，以绳必公之情[20]，使夫虽为善者，不离于有私；虽欲之伐善，不陷于不公。重其名而贵其心，则是非之情不得不显矣。是非必显，有善者无匿情之不是，有非者不加不公之大非。无不是则善莫不得，无大非则莫过其非，乃所以救其非也。非徒尽善，亦所以厉不善也。夫善以尽善，非以救非，而况乎以是非之至者？故善之与不善，物之至者也。若处二物之间，所往者必以公成而私败。同用一器[21]，而有成有败。

夫公私者，成败之途，而吉凶之门也。故物至而不移者寡[22]，不至而在用者众。若质乎中人之性[23]，运乎在用之质，而栖心古烈[24]，拟足公途，值心而言[25]，则言无不是；触情而行[26]，则事无不吉。于是乎同之所措者，乃非所措也；俗之所私者，乃非所私也。言不计乎得失而遇善，行不准乎是非而遇吉，岂公成私败之数乎？夫如是也，又何措之有哉？故里凫显盗[27]，晋文恺悌[28]；勃鞮号罪[29]，忠立身存；缪贤吐衅[30]，言纳名称[31]；渐离告诚[32]，一堂流涕。然数子皆以投命之祸[33]，临不测之机，表露心识[34]，独以安全。况乎君子无彼人之罪，而有其善乎？措善之情，亦甚其所病也。唯病病，是以不病[35]。病而能疗[36]，亦贤于疗矣。

然事亦有似非而非非，类是而非是者，不可不察也。故变通之机，或有矜以至让[37]，贪以致廉，愚以成智，忍以济仁。然矜吝之时[38]，不可谓无廉。情忍之形[39]，不可谓无仁；此似非而非非者也。或谄言似信[40]，不可谓有诚；激盗似忠[41]，不可谓无私。此类是而非是也。故乃论其用心，定其所趣[42]，执其辞而准其理，察其情以寻其变。肆乎所始[43]，名其所终。则夫行私之情，不得因乎似非而容其非；淑亮之心[44]，不得蹈乎似是而负其是[45]。故实是以暂非而后显，实非以暂是而后明。公私交显，则行私者无所冀，而淑亮者无所负矣。行私者无所冀，则思改其非；立公者无所忌，则行之无疑。此大治之道也。故主妾覆醴[46]，以罪受戮；王陵庭争[47]，而陈平顺旨[48]。于是观之，非是非非者乎？明君子之笃行，显公私之所在。阖堂盈阶[49]，莫不寓目而曰[50]："善人也！"然背颜退议而含私者[51]，不复同耳！抱隐而匿情不改者，诚神以丧于所惑，而体以溺于常名，心以制于所慑，而情有系于所欲，咸自以为有是而莫贤乎己。未有功期之惨[52]，骇心之祸，遂莫能收情以自反[53]，弃名以任实[54]。乃心有是焉，匿之以私；志有善焉，措之为恶。不措所措，而措所不措，不求所以不措之理，而求所以为措之道。故时为措而暗于措，是以不措为拙，以致措为工。唯惧隐之不微，唯患匿之不密。故有矜忤之容[55]，以观常人；矫饰之言，以要俗誉。谓永年良规[56]，莫盛于兹；终日驰思，莫窥其外。故能成其私之体，而丧其自然之质也。

于是隐匿之情，必存乎心；讹怠之机[57]，必形乎事。若是，则是非之议既明，赏罚之实又笃。不知冒阴之可以无景，而患景之不匿；不知无措之可以无患，而患措之不巧，岂不哀哉！是以申侯苟顺[58]，取弃楚恭[59]；宰嚭耽私[60]，卒享其祸。由是言之，未有抱隐顾私而身立清世，匿非藏情而信著明君者也。是以君子既有其质，又睹其鉴。贵夫亮达，布而存之；恶夫矜吝，弃而远之。所措一非，而内愧乎神；贱隐一阙，而外惭其形。言无苟讳，而行无苟隐。不以爱之而苟善，不以恶之而苟非。心无所矜，而情无所系；体清神正，而是非允当。忠感明天子，而信笃乎万民；寄胸怀于八荒，垂坦荡以永日。斯非贤人君子高行之美异者乎！

或问曰："第五伦有私乎哉[61]？曰：'昔吾兄子有疾，吾一夕十往省[62]，而反寐自安[63]；吾子有疾，终朝不往视，而通夜不得眠。'若是，可谓私乎？非私乎？"答曰："是非也，非私也。夫私以不言为名，公以尽言为称；善以无名为体[64]，非以有措为负。今第五伦显情，是非无私也；矜往不眠[65]，是有非也。无私而有非者，无措之志也。夫言无措者，不齐于必尽也[66]；言多吝者，不具于不言而已也。故多吝有非，无措有是。然无措之所以有是，以志无所尚，心无所欲，达乎大道之情，动以自然，则无道以至非也。抱一而无措[67]，而无私无非，兼有二义，乃为绝美耳。若非而能言者，是贤于不言之私。非无情，以非之大者也。今第五伦有非而能显，不可谓不公也；所显是非，不可谓有措也；有非而谓私，不可谓不惑公私之理也。"

【注释】

[1]心无措乎是非：意谓不把是非放在心上。措，安放，安置。 [2]道：原则，道义。 [3]气静神虚：心气平和，心神清虚。 [4]矜尚：骄傲自大。 [5]体亮：禀性忠诚。心达：心胸宽广。 [6]越名教而任自然：超越儒家礼仪教化的束缚而任情自然。 [7]物情：物理人情。 [8]匿情：隐瞒真情。 [9]矜吝：吝啬，吝惜。 [10]及吾无身，吾又何患：如果我不把身体放在心上，我有什么可以害怕的呢？此二句出自《道

德经》第十三章:"吾所以有大患者,为吾有身。及吾无身,吾有何患?" [11]贵生:珍惜生命。 [12]伊尹:夏商之际政治家,辅佐商汤灭夏。殷汤:即商汤。商亦称殷,或殷商。 [13]周旦:周文王姬昌之子,称姬旦,或周公旦。周公为周武王病愈舍身祈神,祈神简书藏之金匮,秘而不宣。他辅佐周成王,摄政七年后还政于周成王。 [14]夷吾:管仲之名。春秋时期,管仲辅佐齐桓公成就霸业。不匿情:指管仲当初为扶公子纠为齐国国君,曾经箭射公子小白。公子小白(即齐桓公)即位后,采纳鲍叔牙的建议,任用管仲为齐国相。管仲不因前嫌,努力辅佐齐桓公,使之成为春秋霸主之一。 [15]"君子"二句:有德行的人为实践道义而忘记自身的危险。二句或自《管子·法法》"贤人之行其身也,忘其有名也;王主之行其道也,忘其成功也"而来。 [16]傲然:高傲不屈的样子。 [17]贤与度会:德行与气度兼备。 [18]怆然:怅然自失的样子。 [19]伐善:夸耀自己的功劳和才能。 [20]绳:度量,测度。 [21]同用一器:同样的功用,一样的器物。 [22]至:极致,完美。 [23]中人:寻常之人。 [24]古烈:前代义烈之士。 [25]值心:按照心里所想。 [26]触情:顺应个人情感。 [27]里凫:春秋时期晋侯重耳的仆人,为晋侯管理财物。重耳出亡时,他偷盗府库财物,设法让晋侯回国。显盗:为做好事而偷盗。 [28]晋文:晋文公,春秋五霸之一。恺悌:和乐平易。 [29]勃鞮(dī)号罪:勃鞮又名寺人披,是春秋时期晋国宦官,其两次奉命刺杀晋文公,都没有成功。晋文公即位后,有人欲谋杀晋文公,勃鞮向晋文公告发,并为自己此前谋刺的罪行辩解。 [30]缪贤吐衅:战国时期,秦昭王欲得赵国和氏璧,赵惠文王不知如何是好。宦官缪贤举荐自己的舍人蔺相如使秦,说自己当年因罪曾经想逃到燕国去，被蔺相如劝阻，并听从蔺相如的计谋，侥幸得到了赵王的赦免。赵王听之，果令蔺相如奉璧使秦。后来，蔺相如完璧归赵。　[31]言纳：说话迟钝不流畅。名称：名与实相称。　[32]渐离告诫：渐离即高渐离，战国时期燕国人，善击筑。他与荆轲友善，荆轲行刺秦王，他在易水边击筑为其送行。后行刺秦王未遂，高渐离隐姓埋名，在宋子家为佣工。在主人的一次宴会上，他听到击筑之声，便来到堂上，击筑高歌，向众人袒露真情。众人听后，无不流泪。　[33]投命：亡命。　[34]心识：心志。　[35]"唯病病"二句：语出《道德经》第七十一章："夫唯病病，是以不病。圣人不病，以其病病，是以不病。"病病，把各种毛病（缺点）当作毛病。　[36]病而能疗：认识到缺点而能改正。　[37]矜以至让：有的人矜持而至于谦让。下文"贪以致廉，愚以成智，忍以济仁"皆是此类句式，意在说明各种"变通之机"。　[38]矜吝：吝啬，吝惜。　[39]情忍之形：性情暴躁的样子。　[40]谗言：诋毁诬陷别人的言辞。　[41]盗：盗贼。　[42]趣：意向，志向。　[43]肆：肆意，恣意。　[44]淑亮：善良而诚信。　[45]蹈：践行。负：辜负，背负。　[46]主妾覆醴：这是一个隐瞒真相、代人受过的故事。据《战国策·燕策一》记载，苏秦称其邻居在远方为吏，该吏之妻与人私通。丈夫回来后，其妻为继续与人私通，准备用毒酒毒杀丈夫，命侍妾把毒酒呈送丈夫。侍妾知道酒中有毒，如果把酒给主人喝主人将被毒死；如果告诉主人，女主人将被驱逐。于是，她就装作不小心把酒弄洒了。吏人大怒，痛笞其妾。侍妾用自己受罚，换来主人家庭平安。　[47]王陵：西汉初年沛县人，汉惠帝时为右丞相。汉惠帝去世后，吕后谋立诸吕为王，当朝议事时遭到了王陵的坚决反对。吕后罢免了王陵的丞相之位，升王陵为太傅，实则明升暗降。　[48]陈平：西汉初年阳武（今河南原阳县东南）人，刘邦的重要谋士。汉惠帝时任左丞相。汉惠帝去世后，吕后谋立诸吕为王，陈平知道难以阻止，遂顺从了吕后的旨意。王陵因此指责陈平。陈平说："于面折廷争，臣不如君；全社稷，定刘氏之后，君亦不如臣。"　[49]阒堂盈阶：室内外都站满了人，形容人数众多。　[50]寓目：看一下，过目。　[51]背颜：转过脸。　[52]功期：或为"期功"之误。期功，古代丧服。期，服丧一年。功，分为大功和小功，大功服丧九个月，小功服丧五个月。　[53]反：返璞归真。　[54]任实：谓随顺本性。　[55]矜忤：骄傲自大而不顺从。　[56]永年：长久。　[57]讹怠：欺诈懈怠。　[58]申侯：又作申侯伯，春秋时期楚国人，楚共王之臣。他对楚共王表面上很是顺从，凡是楚共王想做的事情，不论对错，他都积极鼓励。楚共王死后，令尹听从楚共王临终之言，将申侯驱逐出境。　[59]楚恭：即楚共王，春秋时期楚国国君。　[60]宰嚭（pǐ）：即伯嚭，春秋时期楚伯州犁之孙。楚诛杀伯州犁，伯嚭出奔吴国，为太宰，故称宰嚭。吴国胜越之后，他接受越国的贿赂，劝说吴王夫差赦免越王勾践，并与越国媾和。他屡进谗言，并让吴王杀了伍子胥。越国乘机灭吴复国，宰嚭也因此遭祸。　[61]第五伦：字伯鱼，京兆长陵（今陕西咸阳市东北）人。东汉大臣，官至司空。　[62]省（xǐng）：探望，问候。　[63]反：返。　[64]无名：无形之道。出自《道德经》第一章："无名天地之始，有名万物之母。"　[65]矜往：因矜持没有前往，意谓第五伦担心人们说他矫情，没有去看望生病的儿子。但他放心不下，夜不成眠。　[66]齐：界限，分际。　[67]抱一：专精固守不失其道。出自《道德经》第二十二章："是以圣人抱一，为天下式。"

【点评】

公与私的关系，是人们为人处世必须要面对的问题。如何处理这一问题，取决于人们对公与私的基本认识。公与私不是善与恶，不是是与非，因此不能用善恶、是非的观点看待公与私的问题。但是，很多人往往把公私与善恶、是非搅在一起，用善恶的道德观念和是非的评判标准评价公与私。嵇康认为，公私是成败之途、吉凶之门，对于一个人的人生非常重要。若论公私，即使是志道存善，心无吉凶，坦坦荡荡，也不能说无私；同样，如果只是夸耀自己，情感违道，真相不彰，也不能说是不公。是公还是私，关键要看个人为人处世的动机如何。嵇康举的几个例子很能说明问题。晋文公的仆人里凫暗中盗取钱财，密谋帮助晋文公返回晋国。里凫盗取钱财不仅是私，而且近乎恶。但他的出发点不是为自己，而是为了晋文公，为了晋国。所以，嵇康说里凫是"显盗"，即为做好事而偷盗。勃鞮曾经两次奉命刺杀晋文公。晋文公即位后，有人要谋杀晋文公，他得知消息，果断向晋文公告发，并把自己当年奉命刺杀晋文公的事也说了出来。勃鞮告发别人，不是为了保命，而是为了晋文公，同时也是为了晋国。所以，嵇康说勃鞮"忠立身存"。小人"匿情矜吝"，所为是私；君子"虚心无措"，所为为公。

公私既然与人们的动机和出发点有密切关系，那么，如何根据公私的特点来实现天下大治呢？嵇康提出了自己的看法。他说："公私交显，则行私者无所冀，而淑亮者无所负矣。行私者无所冀，则思改其非；立公者无所忌，则行之无疑。此大治之道也。"嵇康认为，无论公还是私，都要摆在明处。这样的话,想谋私利的人就没有什么想头了,善良而诚信的人就没有什么心理负担了。谋私的人没有机会,就会打消谋私的念头;为公的人无所顾忌,就会大胆行事。如此天下就可以实现大治。

在这篇文章中,嵇康不仅说明了什么是公,什么是私,说明了怎样识别公与私,而且提出了处理公与私的方法,这就是"公私交显",即把公与私都摆到明面上,把公私问题公开化,让人们明白如何为公,如何为私,知道怎么做才能避免公私矛盾,从而实现天下大治。嵇康这种想法虽然很有道理,但是,实施的难度很大。所以,几千年来,如何才能"公私交显"一直是一个既见仁见智,又很难解决的问题。不管怎样,嵇康的观点为人们解决公私矛盾提供了一条思路。

管蔡论[1]

或问曰:"案《记》[2],管蔡流言[3],叛戾东都[4]。周公征讨[5],诛以凶逆。顽恶显著[6],流名千里[7]。且明父圣兄[8],曾不鉴凶愚于幼稚,觉无良之子弟;而乃使理乱殷之弊民[9],显荣爵于藩国[10],使恶积罪成,终遇祸害。于理不通,心无所安。愿闻其说。"

答曰:"善哉!子之问也。昔文武之用管蔡以实[11],周公之诛管蔡以权[12]。权事显,实理沉,故令时人全谓管蔡为顽凶。方为吾子论之。夫管蔡皆服教殉义[13],忠诚自然。是以文王列而显之,发旦二圣举而任之[14]。非以情亲而相私也,乃所以崇德礼贤。济殷弊民[15],绥辅武庚[16],以兴顽俗,功业有绩,故旷世不废,名冠当时，列为藩臣。逮至武卒，嗣诵幼冲[17]。周公践政[18]，率朝诸侯，思光前载，以隆王业。而管蔡服教，不达圣权[19]，卒遇大变，不能自通。忠疑乃心，思在王室，遂乃抗言率众[20]，欲除国患，翼存天子[21]，甘心毁旦[22]。斯乃愚诚愤发，所以徼福也[23]。成王大悟[24]，周公显复[25]，一化齐俗[26]，义以断恩。虽内信如心[27]，外体不立[28]。称兵叛乱[29]，所惑者广。是以隐忍授刑[30]，流涕行诛。示以赏罚，不避亲戚。荣爵所显，必钟盛德[31]；戮挞所施[32]，必加有罪，斯乃为教之正体，今之明议也。管蔡虽怀忠抱诚，要为罪诛。罪诛已显，不得复理。内必幽伏[33]，罪恶遂章。幽章之路大殊[34]，故令奕世未蒙发起耳[35]。然论者诚名信行，便以管蔡为恶，不知管蔡之恶，乃所以令三圣为不明也[36]。若三圣未为不明，则圣不祐恶，而任顽凶也。顽凶不容于时世，则管蔡无取私于父兄，而见任必以忠良，则二叔故为淑善矣[37]。今若本三圣之用明，思显授之实理，推忠贤之暗权，论为国之大纪，则二叔之良，乃显三圣之用也。以流言之故有，缘周公之诛是矣。且周公居摄[38]，召公不悦[39]。推此言之，则管蔡怀疑，未为不贤。而忠贤可不达权，三圣未为用恶，而周公不得不诛。若此，三圣所用信良[40]，周公之诛得宜，管蔡之心见理[41]，尔乃大义得通，内外兼叙，无相伐负者[42]，则时论亦得释然而大解也。"

【注释】

[1]管蔡：管叔鲜和蔡叔度，周文王之子，周武王之弟，西周初"三监"之二。周武王去世后，成王年幼，周公旦摄政当国。管叔和蔡叔等

不满周公，散布周公不利于成王的流言，并与武庚等殷商遗民准备发动叛乱。周公亲自率军东征，诛杀武庚，平定三监之乱，蔡叔被流放，管叔被杀，一说自杀。　[2]《记》：指《史记》。《史记·周本纪》和《史记·管蔡世家》对管蔡之乱都有记载。　[3]流言：没有根据的话语。　[4]叛戾：背叛，叛离。东都：指殷都（在今河南安阳市）。　[5]周公：周文王之子，名旦。周武王去世后，他辅佐年幼的成王。成王成人后，他还政于成王。　[6]顽恶：愚妄而桀骜不驯。此处指发动叛乱的武庚、管叔、蔡叔等。　[7]流名：名声流传。千里：吴宽抄本作"千载"。　[8]明父圣兄：此处指周文王和周武王。　[9]理：治理，管理。弊民：困乏疲惫的百姓。　[10]藩国：即诸侯国，封建王朝将诸侯国视为国家的屏障，故称藩国。此处指管叔和蔡叔的封国。　[11]昔：从前，过去。实：实际情况。　[12]权：权变，权宜。　[13]服教殉义：服从教化，遵从道义。　[14]发旦：指周武王（姬发）和周公（姬旦）。　[15]济：接济，周济。　[16]绥辅：安抚和辅佐。武庚：殷纣王之子。殷商灭亡后，周武王把殷商遗民聚集在殷都周围，令武庚加以管理。为防止武庚叛乱，周武王又在殷都周围设立了邶、鄘、卫三个诸侯国，封管叔监管卫，封蔡叔监管鄘，封霍叔监管邶，总称三监，以共同监视武庚和殷商遗民。　[17]诵：指成王姬诵。幼冲：年幼。　[18]践政：当政，执政。　[19]圣权：圣人权变之术。　[20]抗言：高声而言，大声说话，意在引起人们的注意。　[21]翼存：维护保全。天子：此处指周成王。　[22]毁旦：诋毁周公。此指管叔和蔡叔散布流言之事。　[23]徼福：祈福，求福。　[24]成王大悟：指周成王因流言而怀疑周公，后见金縢策书而明白周公之忠诚。事见《尚书·金縢》。　[25]周公显复：指成王省悟之后，迎周公返都，让周公回来摄政之事。事见《史记·鲁周公世家》。　[26]一化齐俗：一经教化而使风俗相一致。　[27]内信如心：意谓周公像相信自己一样相信其他臣子。　[28]外体：指臣子。此处指管叔和蔡叔等人。以上二句语出王褒《四子讲德论》："君者中心，臣者外体。"　[29]称兵：举兵。　[30]隐忍：藏事于心，勉强忍耐。　[31]钟：集中，集聚。　[32]戮挞：刑戮和鞭笞。　[33]内：此处指管叔被杀和蔡叔等被贬谪的内情。　[34]幽章：幽隐与彰显。　[35]奕世：累世，世代。　[36]三圣：指周文王、周武王和周公旦。　[37]二叔：指管叔和蔡叔。　[38]居摄：大臣代替天子之位行使权力，处理朝政。　[39]召公：周文王之子。因其封地在召（今陕西岐山县西南），世称召公或召伯。周成王时，他与周公分陕（今河南三门峡市陕州区西南）而治，陕以东的地方归周公治理，陕以西的地方归召公治理。　[40]信：的确，果真。　[41]见理：得到理解。　[42]伐负：攻伐弱点或不足。

【点评】

嵇康之前，管叔和蔡叔的问题是一个已经有定论的话题。《尚书》和《史记》对管蔡之乱都有记载，且基本一致，那就是管叔和蔡叔对周公摄政非常不满意，散布周公将不利于周成王的流言，与武庚合谋，企图利用殷商遗民发动叛乱。周公亲自率军征讨，诛杀武庚和管叔，并把蔡叔流放。然而，有人对此提出了质疑，认为周文王、周武王和周公号称"三圣"，明察秋毫，他们怎么可能把治理殷商遗民这样的重任交给愚妄而又桀骜不驯的人呢？他们怎么可能对管叔、蔡叔这样无良的人没有察觉呢？

嵇康认为，这的确是一个问题。从实际情况来看，周文王、周武王和周公不可能把治理殷商遗民的重任交给愚妄顽劣之人，但既然交给了管叔和蔡叔，就证明管叔和蔡叔是值得信任的。值得信赖的人为何做出了举兵叛乱的事情呢？这岂不是相互矛盾吗？嵇康撰写此文，就是要解答这个问题。嵇康认为，三圣圣明，管叔和蔡叔也不是桀骜不驯的坏人。管蔡二人服教殉义，忠诚自然，因此才得到周文王授爵，得到周武王和周公的重用。管叔和蔡叔后来"卒遇大变，不能自通"，不得已才举兵叛乱。他们"忠疑乃心，思在王室"，"抗言率众"，是为了"除国患，翼存天子"，出发点值得肯定。在这篇文章中嵇康采用二难推理，认为三圣圣明既然不容怀疑，那么管蔡的德行才干也不容怀疑。管蔡后来散布流言和举兵叛乱，是因为沟通渠道不畅，致使管蔡对周公的所作所为产生了怀疑。这样，三圣的圣明与管蔡"忠疑乃心，思在王室"便不再是矛盾的。可见，嵇康这篇文章试图对史书有关管蔡的定论提出挑战，为管蔡正名。在司马氏专擅朝政、剪除异己的大背景下，嵇康为管蔡正名，也许有更深一层的用意。

明胆论 [1]

有吕子者[2]，精义味道[3]，研核是非[4]。以为人有胆可无明，有明便有胆矣。

嵇先生以为明胆殊用[5]，不能相生。论曰：夫元气陶铄[6]，众生禀焉[7]。赋受有多少[8]，故才性有昏明。唯至人特钟纯美[9]，兼周外内，无不毕备。降此已往[10]，盖阙如也[11]。或明于见物，或勇于决断。人情贪廉，各有所止。譬诸草木，区以别矣。兼之者博于物[12]，偏受者守其分[13]。故吾谓明胆异气，不能相生。明以见物，胆以决断；专明无胆，则虽见不断；专胆无明，则违理失机[14]。故子家软弱[15]，陷于弑君；左师不断[16]，见逼华臣[17]，皆智及之而决不行也。此理坦然，非所宜滞。故略举一隅，想不重疑。

吕子曰："敬览来论，可谓诲亦不加者矣[18]。夫析理贵约而尽情[19]，何尚浮秽而迂诞哉[20]？今子之论，乃引浑元以为喻[21]，何辽辽而坦谩也[22]？故直答以人事之切要焉。汉之贾生[23]，陈切直之策，奋危言之至。行之无疑，明所察也；忌鵩作赋[24]，暗所惑也。一人之胆，岂有盈缩乎[25]？盖见与不见，故行之有果否也。子家、左师，皆愚惑浅弊[26]，明不彻达，故惑于暧昧，终丁祸害[27]。岂明见照察，而胆不断乎？故霍光怀沉勇之气[28]，履上将之任，战乎王贺之事[29]；延年文生[30]，夙无武称[31]，陈义奋辞，胆气凌云，斯其验欤？及於期授首[32]，陵母伏剑[33]，明果之俦。若此万端，欲详而载之，不可胜言也。况有睹夷途而无敢投足，阶云路而疑于迄泰清者乎[34]？若思弊之伦，为能自托幽昧之中，弃身陷井之间，如盗跖窜躯于虎吻[35]，穿窬先首于沟渎[36]。而暴虎冯河[37]，愚敢之类[38]，则能有之。是以余谓明无胆，无胆能偏守。易了之理，不在多喻，故不远引繁言。若未反三隅，犹复有疑，思承后诲，得一骋辞[39]。"

夫论理性情，折引异同，固当寻所受之终始，推气分之所由。顺端极末，乃不悖耳。今子欲弃置浑元，捃摭所见[40]，此为好理纲目，而恶持纲领也。本论二气不同，明不生胆，欲极论之，当令一人播无刺讽之胆，而有见事之明。故当有不果之害，非中人血气无之,而复资之以明。二气存一体,则明能运胆,贾谊是也。贾谊明胆,自足相经,故能济事。谁言殊无胆,独任明以行事者乎?子独自作此言,以合其论也。忌鵩暗惑,明所不周,何害于胆乎?明既以见物,胆能行之耳。明所不见,胆当何断?进退相扶,可谓盈缩?就如此言,贾生陈策,明所见也;忌鵩作赋,暗所惑也。尔为明彻于前,而暗惑于后,明有盈缩也。苟明有进退,胆亦何为不可偏乎?子然霍光有沉勇而战于废王[41],此勇有所挠也。而子言一人胆岂有盈缩,此则是也。贾生暗鵩,明有所塞也。光惧废立,勇有所挠也。夫唯至〔明能无所惑,至胆〕能无所亏耳[42]。自非若此,谁无弊损乎?但当总有无之大略,而致论之耳。

夫物以实见为主。延年奋发,勇义凌云,此则胆也。而云夙无武称,此为信宿称而疑成事也。延年处议,明所见也。壮气腾厉,勇之决也。此足以观矣。又子言明无胆,无胆能偏守。案子之言,此则有专胆之人[43],亦为胆特自一气明矣。夫五才存体[44],各有所生。明以阳曜,胆以阴凝。岂可为有阳而生,阴可无阳耶?虽相须以合德[45],要自异气也。凡余杂说,於期、陵母、暴虎云云,万言一致,欲以何明耶?幸更详思,不为辞费而已矣。

【注释】

[1]明胆:智慧和胆略。 [2]吕子:吕安,字仲悌。见前注。吕安和嵇康私交甚好,故嵇康以"吕子"称之。 [3]精义味道:精通义理,体味大道。 [4]研核:精细考核。 [5]嵇先生:指嵇康。殊用:不同的作用。 [6]元气:天地自然之真气,陶化万物之本源。陶铄:陶

冶。　[7]禀：受。　[8]赋受：赋予和接受。　[9]至人：超凡脱俗、达到无我之境的人。　[10]降此：自此以下。　[11]阙如：缺少。　[12]博：通晓，通达。　[13]分：本分。　[14]失机：错失机会。　[15]子家：名归生，春秋时期郑国大臣。子公因事得罪郑灵公，于是想联合子家，杀了郑灵公，故用计迫使子家弑君。所以，嵇康说"子家软弱，陷于弑君"。　[16]左师不断：指的就是向戌为华臣向宋平公求情之事。事见《左传·襄公十七年》。宋国华阅死后，其弟华臣认为华皋比势力微弱，派人杀了皋比的总管华吴。宋平公得知后，要驱逐华臣。向戌以为大臣间不和睦，是国家之耻，不如把这件事遮掩起来。但向戌也害怕华臣，每次从华臣家门前路过，都要快马加鞭。左师，指春秋时期宋平公的左师向戌。　[17]见逼华臣：华臣因害怕国人追究，后逃到了陈国。　[18]诲：教导。　[19]约：简约，简要。　[20]浮秽：繁芜，繁杂。　[21]浑元：即元气，天地自然之真气。　[22]辽辽：深远之貌。坦谩：荒诞虚妄。　[23]贾生：指西汉初年著名政论家贾谊。贾谊，洛阳（今属河南）人，曾任太中大夫，后被贬谪为长沙王太傅、梁怀王太傅。为了西汉的长治久安，贾谊提出了"众建诸侯而少其力"等建议，对西汉的发展和稳定发挥了重要作用。　[24]忌鹏作赋：贾谊为长沙王太傅时，有鹏鸟入室，贾谊因鹏鸟是不祥之鸟而作《鹏鸟赋》。鹏，猫头鹰一类的鸟，相传为不祥之鸟。　[25]盈缩：进退，伸屈。　[26]浅弊：浅陋。　[27]丁：遭遇，遇到。　[28]霍光：字子孟，河东平阳（今山西临汾市西南）人，西汉政治家，官至大司马、大将军。他受汉武帝重托，辅佐汉昭帝。汉昭帝死后，他效法伊尹，行废立天子之事，先是拥立并废除昌邑王刘贺，后又拥立汉宣帝刘询。沉勇：沉着果敢。　[29]王贺：指昌邑王刘贺。刘贺被拥立为帝后，淫乱无道。霍光报请上官太后，废除刘贺，立刘询为帝。　[30]延年：指田延年，字子宾，霍光的助手。刘贺淫乱无道，霍光欲行废立之事，群臣皆不敢言，唯田延年仗剑上朝，力主废黜刘贺，使废立之事得以顺利进行。　[31]夙：素有的，旧有的。　[32]於期：即樊於期，战国时期人，原为秦国将领，后逃到燕国，被秦王悬赏通缉。荆轲为替燕国太子丹行刺秦王，欲借樊於期的首级。樊於期毅然自刎，献出头颅。　[33]陵母：指西汉王陵之母。楚汉战争中，王陵起兵归顺刘邦。项羽为让王陵归顺，劫持了王陵的母亲，以此要挟王陵。王陵之母不愿王陵归顺项羽，以剑自刎。伏剑：以剑自刎。　[34]阶云路：以白云为台阶。泰清：即太清，指天空。　[35]虎吻：老虎的嘴唇，比喻极为危险之地。　[36]穿窬：打洞穿墙进行盗窃。　[37]暴虎冯河：徒手搏虎，徒步涉水过河，比喻有勇无谋，一味蛮干。典出《论语·述而》："暴虎冯河，死而无悔者，吾不与也。"　[38]愚敢：愚昧胆大。　[39]骋辞：尽情地、自如地运用言语文辞。　[40]捃摭（jùn zhí）：搜集。　[41]子：对人的尊称，此处指吕安。然：以……为然。　[42]"明能……至胆"七字：原缺，据吴宽抄本补。　[43]专胆：胆略超人，以胆略取胜。　[44]五才：指金、木、水、火、土五行。对应人事则为勇、智、仁、信、忠。　[45]相须：相互依存，相互配合。合德：同德。

【点评】

明与胆（智慧和胆略）是一个人取得成功需要具备的重要素质。一个人如果具有超人的智慧，同时又具有非凡的胆略，想取得成功只是时间问题。

但是，明与胆是怎样的关系呢？吕安认为，明胆相生，胆略可以产生智慧，有智慧便有胆略。嵇康与吕安的看法不同，嵇康认为，智慧与胆略具有不同的功用，二者不能相生。嵇康这篇《明胆论》，介绍了吕安关于智慧和胆略的观点，并通过往返辩难，进一步阐明了自己的观点。

魏晋之际，玄学开始盛行，有无、言意、才性、自然与名教等成为谈玄者争议的话题。嵇康与吕安就明胆发生的争论，是才性之争的延伸。明胆既具有先天因素，又与人的生活、学习和经历等有很大关系。但嵇康与吕安争论的焦点不是明胆与人之天性的关系问题，而是明与胆的关系问题。非常有意思的是，二人在争辩中都引用了同样的事例和历史人物，都从各自的角度来解释所引事例和人物。二人争论起来，虽然聚焦明胆之关系，但对同一事例和人物的解释，却是各执一词，自说自话。尤其是嵇康，面对吕安的质疑和发问，嵇康立足于"二气不同，明不生胆"之论，采取以子之矛攻子之盾的论辩策略，阐述了"明胆殊用，不能相生"的观点。文章言辞犀利，逻辑性强，是辩难类文章的佳作。

难自然好学论 [1]

夫民之性，好安而恶危，好逸而恶劳，故不扰则其愿得，不逼则其志从[2]。昔洪荒之世[3]，大朴未亏[4]。君无文于上，民无竞于下。物全理顺，莫不自得。饱则安寝，饥则求食。怡然鼓腹[5]，不知为至德之世也。若此，则知仁义之端，礼律之文。及至人不存[6]，大道陵迟，乃始作文墨以传其意，区别群物使有类族，造立仁义以婴其心[7]，制为名分以检其外，劝学讲文以神其教。故六经纷错[8]，百家繁炽[9]，开荣利之途，故奔骛而不觉。是以贪生之禽，食园池之梁菽；求安之士，乃诡志以从俗。操笔执觚[10]，足容苏息[11]；积学明经，以代稼穑。是以困而后学，学以致荣；计而后习，好而习成。有似自然，故令吾子谓之自然耳。推其原也，六经以抑引为主[12]，人性以从欲为欢。抑引则违其愿，从欲则得自然。然则自然之得，不由抑引之六经；全性之本，不须犯情之礼律。故知仁义务于理伪，非养真之要术；廉让生于争夺，非自然之所出也。由是言之，则鸟不毁以求驯[13]，兽不群而求畜。则人之真性无为，正当自然耽此礼学矣。

论又云："嘉肴珍膳，虽所未尝，尝必美之，适于口也。处在暗室，睹烝烛之光[14]，不教而悦得于心。况以长夜之冥，得照太阳，情变郁陶[15]，而发其蒙。虽事以未来，情以本应，则无损于自然好学。"

难曰："夫口之于甘苦，身之于痛痒，感物而动，应事而作，不须学而后能，不待借而后有，此必然之理，吾所不易也。今子以必然之理，喻未必然之好学，则恐似是而非之议。学如一粟之论[16]，于是乎在也。今子立六经以为准，仰仁义以为主，以规矩为轩驾[17]，以讲诲为哺乳。由其途则通[18]，乖其路则滞；游心极视，不睹其外；终年驰骋，思不出位。聚族献议，唯学为贵。执书摘句，俯仰咨嗟；使服膺其言，以为荣华。故吾子谓六经为太阳，不学为长夜耳。今若以明堂为丙舍[19]，以诵讽为鬼语，以六经为芜秽，以仁义为臭腐，睹文籍则目瞧[20]，修揖让则变伛[21]，袭章服则转筋，谭礼典则齿龋[22]。于是兼而弃之，与万物为更始，则吾子虽好学不倦，犹将阙焉。则向之不学，未必为长夜，六经未必为太阳也。俗语云：'乞儿不辱马医[23]。'若遇上古无文之治，可不学而获安，不勤而得志，则何求于六经，何欲于仁义哉？以此言之，则今之学者，岂不先计而后学耶？苟计而后动，则非自然之应也。子之云云，恐故得菖蒲菹耳[24]！"

【注释】

[1]本文是嵇康与张叔辽就自然好学问题进行辩难的文章。张叔辽，名邈，巨鹿人，曾任辽东太守，有《自然好学论》一文。 [2]从：通"纵"，放纵。下文"从欲"之"从"亦通"纵"。 [3]洪荒：远古时期混沌蒙昧的状态。 [4]大朴：原始质朴之大道。 [5]鼓腹：饱食。语出《庄子·马蹄》："夫赫胥氏之时，民居不知所为，行不知所之，含哺而熙，鼓腹而游。" [6]至人：指远古部落领袖尧、舜等圣人。 [7]婴：绕，引申为约束。 [8]六经：指《诗》《书》《礼》《乐》《易》《春秋》。纷错：纷繁杂乱。 [9]百家：指战国诸子百家。繁炽：繁荣炽盛。 [10]执觚：拿木简写文章。觚，古代写字用的一种木板。 [11]苏息：休养生息。 [12]抑引：抑制情欲而导之以善。 [13]毁：泯灭天性。 [14]烝烛：用苎麻、竹木等制成火炬用以照明。 [15]郁陶：忧思积郁之貌。 [16]一粟之论：前人常以粟为喻，论述一些问题。西汉董仲舒《春秋繁露·实性第三十六》云："是以米出于粟，而粟不可谓米……善出于性，而性不可谓善。"东汉王充《论衡·量知》云："夫人之不学，犹谷未成粟，米未为饭也。"嵇康所言"一粟之论"，借用

王充的观点。 [17]轩驾：车马。 [18]由：遵循，顺着。 [19]明堂：古代帝王宣讲教化的地方，凡朝会、祭祀、选士等大典，都在此举行。丙舍：东汉宫中正室两边最下等的耳房。正室两边的房屋分为甲、乙、丙三等，最下等的称作丙舍。 [20]瞧：眼睛昏花。 [21]伛：弯腰驼背。 [22]龋：蛀牙。 [23]乞儿不辱马医：这是一个出自《列子·说符》的故事：战国时期，齐国有一乞丐来到贵族田氏的马厩，帮助马医干活，以便混口饭吃。有人问他跟在马医后面求食，不感到羞辱吗？乞丐回答说："天下最令人羞辱的，莫过于乞食。乞食尚且不感到羞辱，岂会以跟从马医求食为羞呢？" [24]菖蒲菹：用菖蒲腌制的菜肴。《吕氏春秋·遇合》载："文王嗜菖蒲菹，孔子闻而服之，缩頞而食之，三年，然后胜之。"张叔辽《自然好学论》云："尚有暇于食胆蜇，而嗜菖蒲菹也。"

【点评】

　　张叔辽在其《自然好学论》中认为，人的喜、怒、哀、乐、爱、恶、欲、惧等天性，都是"不教而能"，并据此得出人们是自然好学的结论。嵇康认为，好安而恶危，好逸而恶劳，饱则安寝，饥则求食，皆是人之天性，并非学而后得。张叔辽对嵇康的观点不以为然，他认为，自然好学就如长夜之冥得照太阳，可以陶冶人的性情，增加人的智慧。嵇康再次辩难，驳斥张叔辽"六经为太阳，不学为长夜"之说。嵇康的基本观点是：六经以抑引为主，人性以纵欲为欢。他举上古为例，认为上古之时，人们无文而治，不学而安，不勤而得志。当此之时，人们何求于六经，何欲于仁义？嵇康对六经和儒家仁义道德的攻讦，不仅言辞激烈，惊世骇俗，而且渊源有自,是对老子思想的继承和发扬。老子说过:"大道废,有仁义……六亲不和,有孝慈;国家昏乱,有忠臣。"(《道德经》第十八章)上古的大道废弛了,才有了仁义道德;六亲不和睦了,才有了孝顺和慈爱;国家发生动乱了,才出现了忠臣。这是嵇康与张叔辽辩难的思想基础。嵇康有关上古和当下的一些看法,与老子思想一脉相承。

难宅无吉凶摄生论 [1]

夫神祇遐远 [2],吉凶难明,虽中人自竭 [3],莫得其端,而易以惑道。故夫子寝答于来问 [4],终慎神怪而不言。是以古人显仁于物,藏用于身 [5]。知其不可,众所共非,故隐之,彼非所明也。吾无意于庶几 [6],而足下师心陋见 [7],断然不疑,系决如此 [8],足以独断。思省来论,旨多不通,谨因来言,以生此难。

方推金木 [9],未知所在,莫有食治 [10]。世无自理之道 [11],法无独善之术。苟非其人,道不虚行 [12]。礼乐政刑,经常外事,犹有所疏,况乎幽微者耶 [13]?纵欲辨明神微 [14],祛惑起滞,立端以明所由,独断以检其要,乃为有微。若但撮提群愚 [15],乃举蚕种 [16],忿而弃之,因谓无阴阳吉凶之理,得无似噎而怨粒稼 [17],溺而责舟楫者耶?

论曰:"百年之宫,不能令殇子寿 [18];孤逆魁冈 [19],不能令彭祖夭 [20]。"又曰:"许负之相条侯 [21],英布之黥而后王 [22],皆性命也 [23]。"应曰:此为命有所定,寿有所在,祸不可以智逃,福不可以力致。英布畏痛，卒罹刀锯[24]；亚夫忌馁，终有饿患。万事万物，凡所遭遇，无非相命也。然唐虞之世，命何同延？长平之卒[25]，命何同短？此吾之所疑也。即如所论，虽慎若曾颜[26]，不得免祸；恶若桀跖[27]，故当昌炽。吉凶素定，不可推移，而古人何言"积善之家，必有余庆[28]"，"履信思顺，自天祐之[29]"？必积善而后福应，信著而后祐来，犹罪之招罚、功之致赏也。苟先积而后受报，事理所得，不为暗自遇之也。若皆谓之是相，此为决相命于行事、定吉凶于智力，恐非本论之意，此又吾之所疑也。又云："多食不消，必须黄丸[30]。"苟命自当生，多食何畏，而服良药？若谓服药是相之所一宅，岂非是一耶？若谓虽命犹当须药自济，何知相不须宅以自辅乎？若谓药可论而宅不可说，恐天下或有说之者矣。既曰"寿夭不可求，甚于贵贱"，而复曰"善求寿强者，必先知灾疾之所自来，然后可防也"。然则寿夭果可求耶？不可求也？既曰"彭祖七百，殇子之夭，皆性命自然"，而复曰不知防疾致寿去夭，"求实于虚，故性命不遂"，此为寿夭之来，生于用身；性命之遂，得于善求。然则夭短者，何得不谓之愚？寿延者，何得不谓之智？苟寿夭成于愚智，则自然之命不可求之论，奚所措之？凡此数者，亦雅论之矛盾矣。

论曰："专气致柔[31]，少私寡欲，直行情性之所宜，而合养生之正度，求之于怀抱之内而得之矣。"又曰："善养生者，和为尽矣[32]。"诚哉斯言！匪谓不然，但谓全生不尽此耳。夫危邦不入[33]，所以避乱政之害；重门击柝[34]，所以避狂暴之灾；居必爽垲[35]，所以远风毒之患[36]。凡事之在外能为害者，此未足以尽其数也。安在守一和而可以为尽乎？夫专静寡欲，莫若单豹[37]，行年七十而有童孺之色，可谓柔和之用矣！而一旦为虎所食，岂非恃内而忽外耶？若谓豹相正当给厨[38]，虽智不免，则寡欲何益？而云养生可得？若单豹以未尽善而致灾，则辅生之道不止于一和[39]。苟和未足保生，则外物之为患者，吾未知其所齐矣。

论曰："师占成居则有验[40]，使造新则无征。"请问：占成居而有验者，为但占墙屋耶？占居者之吉凶也？若占居者而知盛衰，此自占人[41]，非占成居也。占成居而知吉凶，此为宅自有善恶，而居者从之，〔故占者观表而得内也。苟宅能制人使从之〕[42]，则当吉之人受灾于凶宅，妖逆无道获福于吉居。尔为吉凶之致，唯宅而已，更令由人也，新便无征耶[43]？若吉凶故当由人，则虽成居，何得而云有验耶？若此，果可占耶？不可占也。果有宅耶？其无宅也。

论曰："宅犹卜筮[44]，可以知吉凶，而不能为吉凶也。"应曰：此相似而不同。卜者，吉凶无豫待物，而应将来之兆也；相宅不问居者之贤愚，唯观已然有传者、已成之形也。犹睹龙颜而知当贵[45]，见纵理而知饿死[46]。然各有由，不为暗中也。今见其同于得吉凶，因谓相宅与卜不异，此犹见琴而谓之箜篌[47]，非但不知琴也。纵如论，宅与卜同，但能知而不能为，则吉凶已成，虽知何益？卜与不卜，了无所在。而吉人将有为，必曰问之龟筮[48]，吉以定所由差，此岂徒也哉？此复吾之所疑也。武王营周，则云："考卜惟王，宅是镐京[49]。"周公迁邑，乃卜涧瀍，终惟洛食[50]。又曰："卜其宅兆，而安厝之。"[51] 古人修之于昔如彼[52]，足下非之于今如此，不知谁定可从？

论曰："为三公宅，而愚民必不为三公，可知也！""或曰：'愚民必不得久居公侯宅，然则果无宅也。'"应曰：不谓吉宅能独成福，但谓君子既有贤才，又卜其居，复顺积德，乃享元吉[53]。犹夫良农，既怀善艺，又择沃土，复加耘耔[54]，乃有盈仓之报耳。今见愚民不能得福于吉居，便谓宅无善恶，何异睹种田之无十千，而谓田无壤瘠耶[55]？良田虽美，而稼不独茂；卜宅虽吉，而功不独成。相须之理诚然，则宅之吉凶未可惑也。今信征祥则弃人理之所宜[56]，守卜相则绝阴阳之吉凶，持知力则忘天道之所存，此何异识时雨之生物，因垂拱而望嘉谷乎[57]？是故疑怪之论生，偏是之议兴，所托不一，乌能相通？若夫兼而善之者，得无半非冢宅耶[58]？

论曰："时日遣祟[59]，古盛王无之，季王之所好听[60]。"此言善矣，顾其不尽然。汤祷桑林[61]，周公秉圭[62]，不知是遣祟非也？"吉日惟戊，既伯既祷[63]"，不知是时日非也？此皆足下家事，先师所立，而一朝背之，必若汤周未为盛王，幸更详之。又当知二贤何如足下耶？

论曰："贼方至以疾走为务，食不消以黄丸为先。"子徒知此为贤于安须臾与求乞胡[64]，而不知制贼病于无形，事功幽而无跌也。夫救火以水，虽自多于抱薪[65]，而不知曲突之先物矣[66]。况乎天下微事，言所不能及，数所不能分，是以古人存而不论。神而明之，遂知来物，故能独观于万化之前[67]，收功于大顺之后[68]。百姓谓之自然，而不知所以然。若此岂常理之所逮耶？今形象著明有数者[69]，犹尚滞之。天地广远，品物多方[70]，智之所知，未若所不知者众也。今执辟谷之术[71]，谓养生已备，至理已尽，驰心极观，齐此而还；意所不及，皆谓无之。欲据所见，以定古人之所难言，得无似蟪蛄之议冰雪耶[72]？欲以所识，而决古人之所弃，得无似戎人问布于中国[73]，观麻种而不事耶？吾怯于专断，进不敢定祸福于卜相，退不敢谓家无吉凶也。

【注释】

[1]本文是嵇康针对阮德如《宅无吉凶摄生论》一文而写的辩难文章。阮德如，陈留尉氏（今河南尉氏县）人，嵇康的朋友，官至河内太守。 [2]神祇：天神和地神，泛指神灵。 [3]中人：中等资质的人，即常人。 [4]夫子：指孔子。孔子不语怪力乱神之事，见《论语·述而》："子不语怪力乱神。"意思是说孔子不谈论怪异、暴力、叛乱和神鬼之类的事。 [5]用：指可以用来谋生和养生的技能与手段。语出《周易·系辞上》："显诸仁，藏诸用，鼓万物而不与圣人同忧，盛德大业至矣哉。" [6]庶几：表示希望或推测。 [7]师心：自出心意，不拘成规。陋见：浅薄的见解，多作谦辞。 [8]系决：迅速做出决断。 [9]方推金木：依据五行推算方位。金木，此处代指五行。 [10]食治：食疗，用食物治病养生。 [11]自理：自然得到治理。 [12]"苟非其人，道不虚行"二句：出自《周易·系辞下》，意谓如果不是信奉易道的人，易道就不会虚空而行。 [13]幽微：深奥精微。 [14]纵欲：纵然要，即使。神微：神奇微妙。 [15]撮提：摘举。 [16]乃举：各本无，据黄省曾本补。 [17]得无：岂不是，是不是。 [18]殇：没有成年就死

了。　[19]孤：即孤虚，古代方术用语。中国古代以天干地支计日，十天干对应十二地支，每一轮都有两个地支轮空，轮空的地支为孤，与之相对应的地支为虚。如甲子旬，戌亥为孤，戌亥对应的地支是辰巳，则辰巳为虚。古代方术常用孤虚日推算吉凶福祸。逆：迎受。魁冈：北斗七星中的斗魁星和天冈星。古代术士认为，每年十月北斗魁星之气在戌，是为魁冈。戌对应五行为土，故不利于动土修造。　[20]彭祖：传说中的长寿者，传说活了七八百岁。　[21]许负：西汉河内一老媪，传说她善于相面。周亚夫为河内太守时，她为周亚夫相面，说他三年后为侯，再后八年为将相，其后九年将饿死。条侯：指周亚夫。　[22]英布：西汉初年人。英布小时候有人给他看相，说他当在受刑之后称王。英布后来果然受黥面之刑，人称黥布。之后，英布先被项羽封为九江王，归顺刘邦后又因功封淮南王。　[23]性命：上天所赐之命，命运。　[24]卒罹刀锯：指英布最终因反叛刘邦，败走越国，被人杀害。　[25]长平之卒：指战国时期秦国和赵国的长平之战，秦将白起大败赵将赵括，坑杀赵国降卒四十万。　[26]曾、颜：指曾参和颜回，二人都是孔子的得意弟子。　[27]桀、跖：指夏桀和盗跖，二人都是有名的大恶人。　[28]积善之家，必有余庆：出自《周易·坤卦》：“积善之家，必有余庆；积不善之家，必有余殃。”　[29]履信思顺，自天祐之：出自《周易·系辞上》：“履信思乎顺，又以尚贤也，是以自天祐之。”　[30]黄丸：中医消食药物。　[31]专气致柔：专守精气使身体柔顺。语出《道德经》第十章：“载营魄抱一，能无离乎？专气致柔，能如婴儿乎？”　[32]和：意谓人的身体和精神状态达到和谐之境。　[33]危邦不入：危险的地方不要去。语出《论语·泰伯》：“笃信好学，守死善道。危邦不入，乱邦不居。"［34］重门：层层设门。击柝：敲击木棒。柝，古代巡夜打更用的梆子。［35］爽垲：高爽干燥之地。［36］风毒：因居处低下潮湿而引发各种疾病的病毒。［37］单豹：鲁国隐士，居于山岩之间，年已七十而犹有婴儿之色。不幸路遇饿虎，被饿虎吃掉。［38］给厨：意谓成为老虎口中之食。［39］辅生：养生。［40］师：风水师。成居：已经建成的房屋。［41］占人：占卜人事。［42］"故占者……从之"十七字：原缺，据吴宽抄本补。［43］新：指新建成的住宅。［44］卜筮：用龟甲和蓍草预测人事吉凶。［45］龙颜：眉骨圆起。［46］纵理：人面部鼻端两旁之肌肤纵纹。古代相术认为，纵理入口，为饿死之相。［47］箜篌：中国传统拨弦乐器，其弦有七至二十五弦不等。［48］龟筮：用龟甲和蓍草占卜。［49］考卜惟王，宅是镐京：出自《诗经·大雅·文王有声》："考卜维王，宅是镐京。维龟正之，武王成之。"镐京，故址在今陕西西安市长安区西北。［50］"乃卜涧瀍"二句：出自《尚书·洛诰》："我乃卜涧水东、瀍水西，惟洛食。我又卜瀍水东，亦惟洛食。"涧瀍，涧水和瀍水，在今河南洛阳市。［51］卜其宅兆，而安厝之：出自《孝经·丧亲》。宅兆，指墓地。安厝，停放灵柩待葬或浅葬，以待正式安葬。［52］修：遵循。《韩非子·五蠹》："是以圣人不期修古，不法常可。"［53］元吉：大吉，洪福。［54］耘耔：除草培土，泛指田间劳作。语出《诗经·小雅·甫田》："今适南亩，或耘或耔。"［55］壤：柔细肥沃、适宜耕种的土地。瘠：贫瘠缺少肥力的土地。［56］征祥：祥瑞之兆。［57］垂拱：垂衣拱手，即不事农业劳动。［58］冢宅：坟地与房基，亦指阴宅（墓地）和阳宅（住宅）。［59］时日：时辰和日期。古人以为时日有吉凶，常卜筮以定吉凶。谴祟：天或鬼神显示于人的福祸吉凶。　[60]季王：末代帝王。　[61]汤祷桑林：商汤在位时，大旱七年。汤在桑林舍身求雨，最终，天降大雨，干旱解除。　[62]周公秉圭：周武王有疾，周公筑坛，向北而立，执璧秉圭，为周武王祈祷。　[63]吉日惟戊，既伯既祷：出自《诗经·小雅·吉日》，意谓戊日是吉日良辰，既祭马祖又祈祷。伯，马祖。　[64]乞胡：汉魏时期对胡僧的蔑称。　[65]多：贤，好。抱薪：意谓抱薪救火。　[66]"而不知"句：此句谓不知道调转烟囱的方向，使其背向易燃物。曲突，烟囱。这里使用的"曲突移薪"典故，出自《汉书·霍光传》："臣闻客有过主人者，见其灶直突，傍有积薪。客谓主人：'更为曲突，远徙其薪，不者，且有火患。'主人嘿然不应。俄而家果失火，邻里共救之，幸而得息。"　[67]万化：万事万物，大自然。　[68]大顺：顺应天道伦常。　[69]数：相对于前面的"形象"而言。易卦和占筮，都是由象而生数，观察象数占卜吉凶。　[70]品物：万物。　[71]辟谷：又称去谷、休粮、绝谷等。辟谷术以不食五谷，服用药石，或在一定时间内断食，作为养生之方。　[72]蟪蛄：蝉的一种，生存于夏天，鸣叫响亮。《庄子·逍遥游》："朝菌不知晦朔，蟪蛄不知春秋。"冰雪：冰和雪。《吕氏春秋·任数》注曰："无骨者，春生秋死，不知冬寒之有冰雪。"　[73]戎人：古代中原王朝对西方各少数民族的泛称。中国：指当时的中原地区。当时西方各少数民族的衣服以皮毛为主，故有"问布于中国"之说。典出《吕氏春秋·知接》："戎人见暴布者而问之曰：'何以为之莽莽也？'指麻而示之。怒曰：'孰之壤壤也，可以为之莽莽也！'"

【点评】

　　嵇康与阮德如有较多文字交往。在现存《嵇康集》中，阮德如是唯一一个与嵇康既有诗歌赠答，又有文章往返辩难的人。阮德如有一篇《宅无吉凶摄生论》，其文与嵇康对这一问题的认知，甚至与嵇康的养生观都有很大不同。于是，嵇康挥笔写下了这篇《难宅无吉凶摄生论》，与阮德如展开争论。

　　阮德如的主要观点是宅无吉凶之分。他认为，"设为三公之宅，而令愚民居之，必不为三公"，"世之工师，占成居则验，使造新则无征"，"宅犹卜筮，可以知吉凶，而不能为吉凶也"。这些观点乍一看来似乎很有道理。但是，嵇康敏锐地抓住了问题的关键——人与所居之宅的关系，进行辩难。如果说宅有吉凶，则应与所居之人无关；如果说人的成败得失、贫富贵贱在于人自身的努力，那么，人之吉凶则应与住宅无关。嵇康认为，阮德如"雅论之矛盾"，不能自圆其说。针对人之寿夭皆由命定之说，嵇康提出了质疑：唐虞之世，命何同延？长平之卒，命何同短？寿夭果可求耶？不可求耶？对于阮德如"善养生者，和为尽矣"之说，嵇康不仅指出了危邦乱政对人们生命的威胁，而且举单豹之例，说明"和未足保生"的道理。同时嵇康自己的观点"履信思顺，自天祐之"，"良田虽美，而稼不独茂；卜宅虽吉，而功不独成"，则在辩难中突出出来。这篇《难宅无吉凶摄生论》抓住对方观点自相矛盾之处，采用二难推理的方式，指出对方观点的纰漏，逐一驳斥对方的观点，嵇康的观点自然在辩难中逐渐显现。

答释难宅无吉凶摄生论

夫先王垂训，开端中人，言之所树，贤愚不违，事之所由，古今不忒[1]，所以致教也[2]。若玄机神妙，不言之化，自非至精，孰能与之？故善求者，观物于微，触类而长，不以己为度也。案如所论，甚有则愚，甚无则诞[3]。今使小有，便得不愚耶？了无乃得离之也[4]？若小有则不愚，吾未知小有其限所止也。若了无乃得离之，则甚无者无为谓之诞也。

又曰："私神立则公神废[5]。"然则恶夫私之害公，邪之伤正，不为无神也。向墨子立公神之情[6]，状不甚有之说，使董生托正忌之途[7]，执不甚无之言，二贤雅趣[8]，可得合而一，两无不失耶？今之所辨，欲求实有实，无以明自然不诡[9]，持论有工拙，议教有精粗也。寻雅论之指[10]，谓河洛不诚[11]，借助鬼神，故为之宗庙，以神其本。不答子贡[12]，以求其然，则足下得不为托心无鬼神，齐契于董生耶[13]？而复显古人之言，惧无鬼之弊，貌与情乖，立从公废私之论，欲弥缝两端[14]，使不愚不诞，两讥董墨[15]，谓其中央可得而居。恐辞辨虽巧，难可俱通，又非所望于核论也[16]。故吾谓古人合德天地[17]，动应自然，经世所立[18]，莫不有征。岂匿设宗庙以期后嗣[19]，空借鬼神以罔将来耶[20]？足下将谓吾与墨不殊，今不辞同有鬼，但不偏守一区，明所当然。使人鬼同谋[21]，幽明并济[22]，亦所以求衷[23]，所以为异耳。

论曰:"圣人钧疾而祷不同[24],故于臣弟则周公请命[25],亲其身则尼父不祷[26],所谓礼为情貌者也[27]。"难曰:若于臣子则宜修情貌,未闻舜禹有请君父也;若于身则否,未闻武王阙祷之命也[28]。汤祷桑林,复为君父耶?推此而言,宜以祷为益,则汤周用之;祷无所行,则孔子不请。此其殊途同归,随时之义也。

又曰:"时日,先王所以诫不息而劝从事。"足下前论云:"时日非盛王所有。"故吾问"惟戊"之事。今不答"惟戊"果是非,而曰所诫劝,此复两许之言也[29]。纵令"惟戊"尽于诫劝,寻论按名,当言有日耶?无日耶?又曰:"俗之时日,顺妖忌而逆事理。"按此言以恶夫妖逆故去之,未为盛王了无日也。夫时日用于盛世,而来代袭以妖惑[30],犹先王制雅乐,而季世继以淫哇也[31]。今愤妖忌,因欲去日,何异恶郑、卫而灭《韶》《武》耶?不思其本,见其所弊,辄疾而欲除,得不为遇噎溺而迁怒耶?足下既已善卜矣,乾坤有六子[32],支干有刚柔,统以阴阳,错以五行,故吉凶可得,而时日是其所由,故古人顺之。焉有善其流而恶其源者?吾未知其可也。至于河洛宗庙,则谓匿而不信;类祸祈祷[33],则谓讹而无实;时日刚柔,则谓假以为劝,此圣人专造虚诈以欺天下?匹夫之谅[34],且犹耻之。今议古人,得无不可乃尔也!凡此数事,犹陷于诬妄。冢宅之见伐,不亦宜乎!

前论曰:"若许负之相条侯,英布之黥而后王。一栏之羊,宾至而有死者,皆性命之自然也。"今论曰:"隆准龙颜,公侯之相,不可假求。"此为相命,自有一定[35]。相所当成,人不能坏;相所当败,智不能救。陷当生于众险,虽可惧而无患。抑当贵于厮养[36]，虽辱贱而必贵。薄姬之困而后昌[37]，皆不可为，不可求，而暗自遇之。全相之论，必当若此，乃一途得通，本论不滞耳。吾适以信顺为难[38]，则便曰："信顺者，成命之理。"必若所言，命以信顺成，亦以不信顺败矣。若命之成败，取足于信顺，故是吾前难"寿夭成于愚智"耳，安得有性命自然也？若信顺果成相命，请问：亚夫由几恶而得饿？英布修何德以致王？生羊积几善以获存？死者负何罪以逢灾邪？既持相命，复惜信顺，欲饰二论，使得并通，恐似矛楯无俱立之势，非辩言所能两济也。

论曰："论相命当辨有无，无疑众寡。苟一人有命，则长平皆一矣。"又曰："知命者不立岩墙之下。"吾谓知命者，当无所不顺，乃畏岩墙？知命有在，立之何惧？若岩墙果能为害，不择命之长短，则知与不知，立之有祸，避之无患也。则何知白起非长平之岩墙，而云千万皆命，无疑众寡耶？若谓长平虽同于岩墙，故是相命宜值之，则命所当至，期于必然。不立之诫，何所施耶？若此果有相耶？〔无相耶？〕[39]此复吾之所疑也。又曰："长平不得系于命，将系宅耶？则唐虞之世，宅何同吉？"本疑前论无非相命，故借长平之异同，以难相命之必然；广求异端，以明事理，岂必吉宅以质之耶？又前论已明吉宅之不独行，今空抑此言，欲以谁难？又曰："长平之卒，宅何同凶？"苟大同，足嫌足下愚于吾也。适至守相，便言"千万皆一"，校以至理，负情之对，于是乎见。既虚立吉宅，冀而无获。欲救相命，而情以难显，故云如此，可谓善战矣！

论曰："卜之尽，盖理所以成相命者也。"此复吾所疑矣。前论既以相命为主，而寻益以信顺，此一离娄也；今复以卜成之，成命之具三，而犹不知相命竟须几个为足也！若唯信顺，于理尚少，何以谓"成命之理"耶？若是相济，则卜何所补，于卜复曰成命耶？请问卜之成命，使单豹行卜，知将有虎灾，则隐居深宫，严备自卫，若虎犹及之，为卜无所益也；〔若得无恙，为相败于卜〕[40]，何云成相耶？若谓豹卜而得脱，本无厄虎相也，卜为妄语矣。若谓凡有命，皆当由卜乃成，则世有终身不卜者，皆失相夭命耶？若谓卜亦相也，然则卜是相中一物也，安得云以成相耶？若此，不知卜筮故当与相命通，相成为〔一〕[41]，不当各自行也。

论曰："无故而居可占，犹龙颜可相也；设为吉宅而后居，以幸福报，无异假颜准而望公侯也。"然则"人实征宅，非宅制人"也。案如所言"无故而居可占"者，必谓当吉人之瞑目而前[42]，推遇任命，以暗营宅，自然遇吉也。然则岂独古人，凡有命者皆可以暗动而自得正，是前论命〔有〕自然不可增减者也[43]。骤以可为之信顺、卜筮，成不可增减之命矣，奚独禁可为之宅？不尽相命，唯有暗作，乃是真宅耶？若瞑目可以得相，开目亦无所加也[44]。智者愈当识之。周公营居，何故踌躇于涧瀍，问龟筮而食洛耶[45]？若龟筮果有助于为宅，则知暗作可有不尽善之理矣。苟暗作有不尽，则不暗岂非求之术耶？若必谓龟筮不能尽相于暗往，想亦不失相于考卜也[46]。则卜与不卜，为与不为，皆期于自得。自得苟全，则善卜者所遇当识，何得无故则能知，有故则不知也？然贞宅之异假颜[47]，贵夫无故识之。贞宅之与"设为"，其形不〔异〕[48]，同以功成，俱是吉宅也。但无故为贞宅，〔有故为设宅，贞宅〕授吉于暗遇[49]，"设为"减福于用知耳。然则吉凶之形，果自有理，可以为故而得，故前论有占成之验也。然则占成之形，何以言之？必远近得宜，堂廉有制[50]，坦然殊观，可得而别。利人以福，故谓之吉；害人以祸，故谓之凶。但公侯之相，暗与吉会耳。然则宅与性命，虽各一物，犹农夫良田，合而成功也。设公侯迁后方乐其吉，而往居之吉宅，岂选贤而后纳，择善而后福哉？苟宅无情于择贤，不惜吉于"设为"，则屋不辞人，田不让耕，其所以为吉凶薄厚，何得不均？前吉者不求而遇，后闻吉而往，同于居吉宅，而有求与不求矣！何言诞而不可为耶？由是言之，非从人而征宅，〔宅〕亦成人明矣[51]。若挟颜状，则英布黥相不减其贵，隆准见劓不减公侯之标，是知颜准是公侯之标识，非所以为公侯质也[52]。夫标识者，非公侯质也。吉名宅字与吉者，宅实也。无吉征而自宅以征，假见难可也。若以非质之标识，难有征之吉宅，此吾所不敢许也。子阳无质而镂其掌[53]，既知当字长耳；巨君篡宅而运其魁[54]，即偏恃之祸，非所以为难也。至公侯之命，禀之自然，不可陶易[55]；宅是外物，方圆由人，有可为之理。犹西施之洁不可为[56]，而西施之服可为也。黼黻芳华[57]，所以助体；吉宅宜家，所以成相。故世无人方而有卜宅，是以知人宅不可相喻也。安得以不可作之人，绝可作之宅耶？至刑德皆同此一家，非本论占成居而得吉凶者也。且先了此，乃议其余。

论曰："猎夫从林，所遇或禽或虎，虎凶禽吉，卜者筮而知之，非能为。安知所言地之善恶，犹禽吉虎凶。猎夫先筮，故择而从禽；如择居，故避凶而从吉。吉地虽不为，而可择处；犹禽虎虽不可变,而可择从。苟卜筮所以成相,虎可卜而地可择,何为半信而半不信耶?"又云:"地之吉凶有若禽虎,不得宫姓则无害,商则为灾也。"案此为怪所不解,而以为难,似未察宫商之理也。虽此地之吉,而或长于养宫,短于毓商[58],犹良田虽美,而稼有所宜。何以言之?人姓有五音,五行有相生,故同姓不昏[59],恶不殖也[60]。人诚有之,地亦宜然,故古人仰准阴阳,俯协刚柔,中识性理,使三才相善[61],同会于大通,所以穷理而尽物宜也。夫"同声相应,同气相求",自然之分也。音不和则比弦不动[62],声同则虽远相应。此事虽著,而犹莫或识。苟有五音各有宜,五气有相生,则人宅犹禽虎之类,岂可见宫商之不同,而谓之地无吉凶也?

论曰:"天下或有能说之者,子而不言,谁与能之?"难曰:足下前论已云有能占成居者,此即能说之矣!故吾曰"天下当有能者"。今不求之于前论,而复责吾难之于能言,亦当知冢宅有吉凶也。又曰:"药之已病为一也实[63],而宅之吉凶为一也诬。"既曰成居可占,又复曰诬耶?药之已病,其验又见,故君子信之;宅之吉凶,其报赊遥,故君子疑之。今若以交赊为虚[实][64],则恐所以求物之地鲜矣[65]。吾见沟浍,不疑江海之大;睹丘陵,则知有泰山之高也。若守药则弃宅,见交则非赊,是海人所以终身无山[66],山客白首无大鱼也。

论曰:"智之所知,未若所不知〔者众。此较通世之常滞,然智所不知〕[67],不可妄论也。"难曰:智所不知,相必亦未知也。今暗许便多于所知者[68],何耶?必生于本[69],谓之无,而强以验有也。强有之验,将不盈于数矣[70],而并所成验者,谓之多于所知耳。苟知然果有未还之理[71]，不因见求隐，寻端究绪[72]，由子午而得卯未[73]。失寻端之理，犹猎师以得禽也。纵使寻迹，时有无获；然得禽，曷尝不由之哉？今吉凶不先定，则谓不可求，何异禽兽不期，则不敢举足，坐守无根也。由此而言，探赜索隐[74]，何谓为妄？

【注释】

[1] 忒：变更。 [2] 致教：达到教化的目的。 [3] 诞：荒诞，虚妄。 [4] 了无：全无，没有。 [5] 私神：犹邪神。公神：为生民主持公道和正义的神。 [6] 向：假如，如果。墨子：春秋战国之际思想家、政治家，宋国人，后长期住在鲁国。墨家学派的创始人，主张兼爱、非攻、尚贤等。 [7] 董生：指董无心。阮德如《释难宅无吉凶摄生论》有"墨翟著《明鬼》之篇，董无心设难墨之说"之语。正忌：正忌和邪忌，该句是对阮德如文章中的"邪忌设则正忌丧"一语而言。 [8] 二贤：指墨子和董无心。 [9] 诡：违反。 [10] 指：指归。 [11] 河洛：指河图、洛书。此处以"河洛"借指卜筮等方术。 [12] 子贡：即端木赐，孔子弟子，"孔门十哲"之一。 [13] 齐契：同心默契。 [14] 弥缝：设法遮掩或补救错误，使之不被发现。 [15] 董墨：指董无心和墨子。 [16] 核论：确论，正确的观点。 [17] 合德：同德。 [18] 经世：阅历世事。 [19] 匿：暗暗地。 [20] 罔：欺骗，蒙蔽。 [21] 人鬼同谋：人的智谋与占卜吉凶结合起来。语出《周易·系辞下》："人谋鬼谋，百姓与能。" [22] 幽明：指无形和有形的物象。 [23] 衷：福。 [24] 钧：平均。 [25] 臣弟：指周公。周公旦是周武王之弟，故称臣弟。 [26] 尼

父：亦称尼甫，对孔子的尊称。　[27]情貌：内心与外表。　[28]閟：遏止，阻止。　[29]两许：两可。　[30]来代：后来之世。　[31]淫哇：淫荡之音。　[32]乾坤六子：指八卦中乾、坤二卦之外的震、巽、坎、离、艮、兑六卦。《周易·说卦》载："乾，天也，故称乎父；坤，地也，故称乎母。震一索而得男，故谓之长男；巽一索而得女，故谓之长女；坎再索而得男，故谓之中男；离再索而得女，故谓之中女；艮三索而得男，故谓之少男；兑三索而得女，故谓之少女。"合之为乾坤六子。　[33]类祃：类祭与祃祭。古代战争，军队出发前举行的告天之祭，称为类祭；至征伐之地，上表再祭称为祃祭。马是古代重要的战争资源，故以祃祭祭其神。　[34]匹夫之谅：普通老百姓抱守的小节小信。谅，诚信。　[35]一定：指一定的命数。　[36]厮养：厮役，古代为人做粗杂活的人。　[37]薄姬：汉高祖刘邦的嫔妃，汉文帝刘恒的生母。河东安邑（今山西运城）人。刘恒为代王时，薄姬被尊为代王太后。刘恒即位后，尊薄姬为皇太后。　[38]信顺：即履信思顺。　[39]无相耶：各本无，据吴宽抄本补。　[40]"若得……于卜"九字：各本无，据吴宽抄本补。　[41]一：各本无，据吴宽抄本补。　[42]瞑目：闭上眼睛，此处指人去世。　[43]有：各本无，据吴宽抄本补。　[44]开目：睁开眼睛。此处指人的出生。　[45]食洛：以洛邑为食邑。　[46]考卜：用龟甲占卜解决疑惑。　[47]贞宅：占卜宅之吉凶。贞，占卜。　[48]异：各本无，据吴宽抄本补。　[49]"有故……贞宅"七字：各本无，据吴宽抄本补。　[50]廉：殿堂的侧边。　[51]宅：各本无，据吴宽抄本补。　[52]质：内在素质。　[53]子阳：指西汉末年的公孙述。公孙述，字子阳，扶风茂陵（今陕西兴平市东北）人。西汉末年，他在蜀地称帝。为了称帝，他在手掌上纹上"公孙帝"三字，以制造舆论，迷惑他人。公孙述后被刘秀手下大将吴汉消灭。　[54] 巨君：指西汉末年的王莽。王莽，字巨君，魏郡元城（今河北大名县东）人。王莽是汉元帝王皇后之侄，汉平帝时进封安汉公，官居大司马。汉平帝死后，王莽立年仅两岁的孺子婴为帝，效法周公为摄政王，不久自立为帝，建立新朝。后在西汉末年农民大起义中被杀。篡宅：指王莽篡汉事。运其魁：指王莽在西汉末年的大乱中，仿北斗七星之状，用五石铜制作威斗，长二尺五寸，欲以此诅咒诸兵而胜之。　[55] 陶易：变更，变易。　[56] 西施：春秋末越国美女，名夷光。越国战败，西施被勾践献给吴王，为勾践争取到了韬光养晦的机会。勾践在范蠡的辅佐下，卧薪尝胆，终于灭吴。　[57] 黼黻：绣有精美花纹的礼服。　[58] 毓：养育。　[59] 昏：同"婚"。　[60] 殖：生育，繁殖。　[61] 三才：天、地、人为三才。　[62] 比：邻，邻近。　[63] 已病：治病。　[64] 交赊：近和远。实：各本无，据吴宽抄本补。　[65] 鲜：少。　[66] 海人：居住在海岛上的人。无山：不知有山。　[67] "者众……所不知"十四字：各本无，据吴宽抄本补。　[68] 暗许：暗中确定的，意谓人与生俱来的。　[69] 必生于本：必然之事物皆自根本而生。　[70] 数：天数，命运。　[71] 未还之理：不尽周延的道理。　[72] 寻端究绪：追寻事物的本源或开始。　[73] 子午：子午同属地支，对应方位为北方和南方，对应时辰为夜半和日中。按照五行生克之理，子午相冲，卯酉相冲。　[74] 探赜索隐：探究深奥的道理，搜索隐秘的事迹。赜，深奥。

【点评】

  嵇康对阮德如宅无吉凶的观点进行驳难之后，阮德如也针对嵇康"履信思顺，自天祐之"之说予以责难，重申宅无吉凶、性命自然的观点。嵇康则针对其观点逐一反驳。针对阮德如欲调和命相与信顺的关系，嵇康直言"既持相命，复惜信顺，欲饰二论，使得并通，恐似矛楯无俱立之势，非辩言所能两济也"；对阮德如"知命者不立岩墙之下"之说，嵇康认为，如果一个人知道自己的命运，"当无所不顺，乃畏岩墙？知命有在，立之何惧？若岩墙果能为害，不择命之长短，则知与不知，立之有祸，避之无患也"。由于是辩难性质的文章，嵇康这篇文章自始至终都充满二难推理。正是通过这种二难推理，嵇康逐一批驳阮德如的观点，指出了其自相矛盾之处。如阮德如以可见者为实，不可见者为虚，嵇康明确指出，如果眼见为实，远处见不到为虚，那么可以求得物品的地方就很少了。如果信守养生之药而放弃居所，看见近处的而否定远处的，这就像海岛上的人终身见不到大山，住在山上的人到老见不到大鱼一样。嵇康的批驳既有针对性，又富逻辑性。

  嵇康批驳阮德如"性命自然""宅无吉凶"和养生"和为尽矣"的观点，强调人的命运和寿夭与人的后天作为有关，如果履信思顺，善于养生，人们是可以趋吉避凶、得享长寿的。这种思想强调了个人后天努力对改变命运的重要作用，对儒家的天命观是一种挑战。魏晋之际，玄学思想盛行，儒家思想统治已经松动，但像嵇康这样敢于向儒家统治思想挑战的人还不多。他不仅敢于"非汤、武而薄周、孔"，而且敢于对儒家的天命思想提出质疑，并且用鲜活生动的事例，较为严谨的逻辑推理，证实自己的怀疑。

太师箴[1]

浩浩太素[2]，阳曜阴凝。二仪陶化[3]，人伦肇兴。厥初冥昧[4]，不虑不营。欲以物开，患以事成。犯机触害[5]，智不救生。宗长归仁[6]，自然之情。故君道自然，必托贤明。茫茫在昔，罔或不宁。

赫胥既往[7]，绍以皇羲[8]。默静无文，大朴未亏。万物熙熙[9]，不夭不离。爰及唐虞[10]，犹笃其绪[11]。体资易简[12]，应天顺矩[13]。绨褐其裳[14]，土木其宇。物或失性，惧若在予。畴咨熙载[15]，终禅舜禹[16]。夫统之者劳，仰之者逸。至人重身，弃而不恤。故子州称疾[17]，石户乘桴[18]。许由鞠躬[19]，辞长九州。先王仁爱，愍世忧时。哀万物之将颓，然后莅之。

下逮德衰，大道沉沦。智惠日用，渐私其亲[20]。惧物乖离，攘臂立仁[21]。利巧愈竞[22]，繁礼屡陈。刑教争施[23]，夭性丧真[24]。

季世陵迟[25]，继体承资[26]。凭尊恃势，不友不师[27]。宰割天下，以奉其私。故君位益侈，臣路生心。竭智谋国，不吝灰沉[28]。赏罚虽存，莫劝莫禁。若乃骄盈肆志，阻兵擅权[29]。矜威纵虐，祸蒙丘山。刑本惩暴，今以胁贤。昔为天下，今为一身。下疾其上，君猜其臣。丧乱弘多，国乃陨颠。故殷辛不道[30]，首缀素旗[31]；周朝败度，虫鬼人是谋[32]；楚灵极暴，乾溪溃叛[33]；晋厉残虐[34]，栾书作难[35]；主父弃礼[36]，毂胎不宰[37]；秦皇荼毒[38]，祸流四海。是以亡国继踵，古今相承。丑彼摧灭，而袭其亡征[39]。初安若山，后败如崩。临刃振锋[40]，悔何所增！

　　故居帝王者，无曰我尊，慢尔德音[41]；无曰我强，肆于骄淫。弃彼佞幸，纳此遌颜[42]。谀言顺耳，染德生患。悠悠庶类[43]，我控我告。唯贤是授，何必亲戚？顺乃造好，民实胥效[44]。治乱之原，岂无昌教[45]？穆穆天子[46]，思闻其愆[47]。虚心导人，允求谠言[48]。师臣司训[49]，敢告在前。

【注释】

　　[1]太师：西周三公之一。《尚书·周官》："立太师、太傅、太保。兹惟三公，论道经邦，燮理阴阳。"东汉至西晋间，太师名崇位尊，但无实权。箴：古代一种文体，主要用以规劝告诫。 [2]太素：宇宙的原始状态。 [3]二仪：阴阳。陶化：陶冶化育。 [4]厥初：最初，开始。冥昧：指天地未形成之时的混沌状态。 [5]机：事情变化的枢纽。 [6]宗长：宗族的首领。 [7]赫胥：即华胥，传说为伏羲之母。一说为传说中的古国名。 [8]皇羲：即羲皇，伏羲。 [9]熙熙：温和欢乐之貌。 [10]爰：于是。唐虞：指上古帝王尧和舜。 [11]笃：忠实。 [12]体：政体。资：用。易简：平易简约。 [13]矩：地。 [14]缔綌：细葛布和粗麻布。 [15]畴咨：咨询，访问。熙载：弘扬功业。语出《尚书·舜典》："舜曰：'咨四岳，有能奋庸熙帝之载。'" [16]禅：帝王让位给别人。 [17]子州：即子州支父，尧时隐士。尧闻子州支父贤，想把天下让给他。子州支父说："以我为天子，犹之可也。虽然，我适有幽忧之病，方且治之，未暇治天下也。"疚：长时间生病。 [18]石户：即石户之农，生于尧舜之时。舜准备把天下让给石户

之农，石户之农认为舜的道德还没有达至最高境界，于是携妻挈子，乘桴东入于海，终身不返。　[19]许由：尧时隐士。传说尧让天下给许由，许由不受。尧又准备让许由为九州长。许由认为尧弄脏了他的耳朵，洗耳于颍滨，入箕山做起了隐士。子州支父、石户之农和许由的故事，俱见《庄子·让王》。　[20]"智惠日用，渐私其亲"二句：化用《道德经》第十八章"智慧出，有大伪"句。智惠，即智慧。　[21]攘臂：撸起袖子，伸出胳膊，形容愤激之状。　[22]利巧：贪婪狡诈。　[23]刑教：刑罚和教化。　[24]夭：折损。　[25]陵迟：衰败。　[26]继体：继承前代的政体。承资：承继前代的权位和财富。　[27]不友不师：不能任用贤才，不能与贤才为师友。语出《韩非子·外储说左下》："君与处皆其师，中皆其友。"　[28]灰沉：灰灭。　[29]阻兵：依仗军队。　[30]殷辛：指殷商最后的帝王纣王。殷纣王，名辛，世称帝辛。　[31]首缀素旗：指周武王起兵伐纣，殷纣王战败被斩首，头颅悬挂在白旗杆上。　[32]彘：地名，在今山西霍州市。周厉王暴虐无道，废除纳谏制度，禁止百姓议论朝政，导致国人道路以目。后来国人被迫起义，把周厉王流放到彘地。　[33]楚灵：春秋时期的楚灵王。楚灵王昏庸暴虐，荒淫无度。他率兵伐徐，驻军于乾溪（今安徽亳州东南），吃喝玩乐，不理国政。后来，国内发生叛乱，拥立新君，楚灵王被废黜，最后自缢而亡。　[34]晋厉：春秋时期的晋厉公。晋厉公残暴无度，听信楚国间谍的话，杀害了大夫郤锜、郤犨和郤至。　[35]栾书：春秋时期晋国大夫。他和中行偃联手，囚杀晋厉公，迎立公子周为晋国国君，是为晋悼公。　[36]主父：战国时期的赵武灵王。他晚年传位给王子何，是为赵惠文王。赵武灵王自号"主父"。后来，赵武灵王欲废长立幼，被围困在沙丘主父宫中，最后被活活饿死。　[37]觳（kòu）胎：需要母鸟哺育的幼鸟。不宰：不经宰杀烹饪而食用。此处指赵武灵王被困主父宫时，因没有吃的，连幼鸟都吃了。　[38]秦皇：指秦始皇。秦始皇统一中国之后，实行暴政，焚书坑儒，劳民伤财，百姓遭受荼毒。　[39]征：征兆。　[40]临刃：面对行刑的利刃。振锋：抖动刀刃。　[41]慢：怠慢。德音：善言。　[42]遻颜：犯颜。此处指敢于直言进谏的诤臣。　[43]庶类：犹言庶民。　[44]胥：皆，都。此句出自《诗经·小雅·角弓》："尔之教矣，民胥效矣。"　[45]昌教：善美的教化。　[46]穆穆：庄严和敬之貌。　[47]愆：过错。　[48]允：公平。谠言：正直之言。　[49]师臣：此处指太师。

【点评】

　　正始末年的"高平陵之变"，彻底改变了曹魏政权。司马懿诛杀曹爽一党，牢牢控制了朝政。但朝廷党争并没有因为司马氏掌权而有所改变，反而暗流涌动，更加波谲云诡。此时已经寓居山阳的嵇康，对朝政变化了然于胸。他无心也无力改变这种局面，因而，只好借助"箴"这种文体，以位高官崇的太师口吻，通过讲述历史兴衰变化，来警醒当事者，引起人们对时局的关注。

　　嵇康讲史，接受了老子思想的影响。他认为，鸿蒙开辟之时，"君道自然，必托贤明。茫茫在昔，罔或不宁"。到了赫胥和羲皇之时，则是"默静无文，大朴未亏"。即使到了唐虞之时，依然是"体资易简，应天顺矩"。尧舜以后，则是道德日衰，大道沉沦。而到了末世，更是凭尊恃势，宰割天下。天下从此不得安生，百姓世代遭受荼毒。即使是君主也难逃厄运，商纣王、周厉王、楚灵王、晋厉公、赵武灵王、秦始皇等，无一不是荒淫无道，骄纵暴虐，盘剥百姓，流祸四海。总结历史教训，嵇康认为那些无道昏君灭亡的道理是一样的，所谓"丑彼摧灭，而袭其亡征"。有鉴于此，嵇康借太师之口，对君主发出了劝诫，告诫他们"无曰我尊，慢尔德音；无曰我强，肆于骄淫"，要"弃彼佞幸，纳此遒颜"，"虚心导人，允求谠言"，要唯才是举，唯贤是授。这些都是就君主的自身修养而言的，目的是劝诫君主加强自身修养，要自我约束，开门纳谏，施行仁政。这既是嵇康对当权者所说的肺腑之言，也是他的政治理想。

嵇康生活的年代，正是曹魏党争最为激烈的时期。嵇康自知不能参与其中，便寓居山阳，以养生赋闲为名，静观时变。但是，他的身份，他的名声，他在当时名士中的影响，都不允许他三缄其口，对千变万化的时局不闻不问。《太师箴》就是嵇康在无法置身事外的情况下，对当时局势的另一种形式的参与。

家诫 [1]

人无志，非人也。但君子用心，所欲准行 [2]，自当量其善者，必拟议而后动 [3]。若志之所之 [4]，则口与心誓，守死无二，耻躬不逮 [5]，期于必济 [6]。若心疲体懈，或牵于外物 [7]，或累于内欲 [8]，不堪近患，不忍小情，则议于去就 [9]。议于去就，则二心交争。二心交争，则向所以见役之情胜矣！或有中道而废，或有不成一匮而败之 [10]。以之守则不固，以之攻则怯弱；与之誓则多违，与之谋则善泄；临乐则肆情[11]，处逸则极意[12]。故虽繁华熠耀[13]，无结秀之勋[14]；终年之勤，无一旦之功。斯君子所以叹息也。若夫申胥之长吟[15]，夷齐之全洁[16]，展季之执信[17]，苏武之守节[18]，可谓固矣！故以无心守之，安而体之，若自然也，乃是守志之盛者耳。

所居长吏[19]，但宜敬之而已矣。不当极亲密，不宜数往，往当有时。其[有]众人[20]，[又不当独在后][21]，又不当宿。所以然者，长吏喜问外事，或时发举，则怨者谓人所说，无以自免也。若行寡言，慎备自守，则怨责之路解矣。

其立身当清远[22]。若有烦辱[23]，欲人之尽命，托人之请求，当谦言辞谢：其素不豫此辈事，当相亮耳[24]。若有怨急，心所不忍，可外违拒，密为济之[25]。所以然者，上远宜适之几[26]，中绝常人淫辈之求，下全束脩无玷之累[27]，此又秉志之一隅也。

凡行事，先自审其可，不差于宜，宜行此事。而人欲易之，当说宜易之理。若使彼语殊佳者，勿羞折遂非也[28]。若其理不足，而更以情求来守。人虽复云云，当坚执所守。此又秉志之一隅也。

不须行小小束脩之意气，若见穷乏，而有可以赈济者，便见义而作。若人从我，欲有所求，先自思省。若有所损废，多于今日，所济之义少，则当权其轻重而拒之[29]。虽复守辱不已[30]，犹当绝之。然大率人之告求[31]，皆彼无我有，故来求我，此为与之多也。自不如此，而为轻竭[32]，不忍面言，强副小情[33]，未为有志也。

夫言语，君子之机[34]。机动物应，则是非之形著矣，故不可不慎。若于意不善了[35]，而本意欲言，则当惧有不了之失，且权忍之。后视向不言此事，无他不可，则向言或有不可。然则能不言，全得其可矣。且俗人传吉迟、传凶疾，又好议人之过阙，此常人之议也。坐中所言，自非高议。但是动静消息，小小异同，但当高视，不足和答也。非义不言，详静敬道，岂非寡悔之谓[36]？人有相与变争，未知得失所在，慎勿豫也[37]。且默以观之，其〔是〕非行自可见[38]。或有小是不足是，小非不足非，至竟可不言以待之[39]。就有人问者[40]，犹当辞以不解。近论议亦然。

若会酒坐，见人争语，其形势似欲转盛，便当亟舍去之，此将斗之兆也。坐视必见曲直，傥不能不有言[41]，有言必是在一人[42]；其不是者方自谓为直，则谓曲我者有私于彼，便怨恶之情生矣，或便获悖辱之言。正坐视之，大见是非而争不了，则仁而无武，于义无可，当远之也。然大都争讼者，小人耳，正复有是非，共济汗漫[43]，虽胜，可足称哉？就不得远，取醉为佳。若意中偶有所讳，而彼必欲知者，若守大不已，或劫以鄙情，不可惮此小辈而为所挽引[44]，以尽其言。今正坚语，不知不识，方为有志耳。自非知旧邻比[45]，庶几已下，欲请呼者，当辞以他故，勿往也。

外荣华则少欲[46]，自非至急，终无求欲，上美也[47]。不须作小小卑恭，当大谦裕[48]；不须作小小廉耻，当全大让。若临朝让官，临义让生，若孔文举求代兄死[49]，此忠臣烈士之节。

凡人自有公私，慎勿强知。人知彼知，我知之，则有忌于我。今知而不言，则便是不知矣。若见窃语私议，便舍起，勿使忌人也[50]。或时逼迫，强与我共说，若其言邪险[51]，则当正色以道义正之。何者？君子不容诋薄之言故也[52]。一旦事败，便言某甲昔知吾事，〔是〕以宜备之深也[53]。凡人私语，无所不有，宜预以为意，见之而走者，何哉？或偶知其私事，与同则可，不同则彼恐事泄，思害人以灭迹也。非意所钦重者，而来戏调蚩笑友人之阙者[54]，但莫应从；小共转至于不共，而勿大冰矜趋[55]。以不言答之，势不得久，行自止也。

自非所监临[56]，相与无他宜[57]，适有壶榼之意[58]，束脩之好，此人道所通，不须逆也[59]。过此以往，自非通穆[60]，匹帛之馈，车服之赠，当深绝之。何者？常人皆薄义而重利，今以自竭者，必有为而作。鬻货徼欢[61]，施而求报，其俗人之所甘愿，而君子之所大恶也[62]。凡此数端其识之。

又慎不须离搂[63]，强劝人酒，不饮自已；若人来劝己，辄当为持之[64]，勿请勿逆也。见醉熏熏便止，慎不当至困醉，不能自裁也。

【注释】

[1]诫：古代一种文体，主要用于上级（或长辈）对属下（或晚辈）的规劝和告诫。 [2]准行：按照既定的目标或原则行事。 [3]拟议：事先考虑。 [4]所之：所往，所达到的。 [5]耻躬不逮：以自己不能实现诺言为耻。语出《论语·里仁》："古者言之不出，耻躬之不逮也。" [6]期：期望。必济：一定要实现（目标或诺言）。 [7]牵于外物：受外部事物牵累。 [8]累于内欲：受自身欲望牵累。 [9]去就：取舍，意谓坚持或者放弃最初的选择。 [10]匮：通"篑"，盛土的筐子。 [11]肆情：放纵感情。 [12]极意：尽心尽意。 [13]熠耀：光彩，鲜明。 [14]秀：植物抽穗开花。 [15]申胥：即申包胥，春秋时楚国贵族。吴国用伍子胥计攻破楚国，申包胥为救楚国到秦国求援，秦

王不答应，申包胥痛哭了七天七夜，秦王才终于发兵救楚。[16]夷齐：即伯夷和叔齐。周武王出兵伐纣，伯夷、叔齐扣马而谏。殷商灭亡后，伯夷、叔齐隐于首阳山，义不食周粟，最后竟饿死在首阳山。[17]展季：即柳下惠。执信：坚守信念。[18]苏武：字子卿，西汉杜陵（今陕西西安市东南）人。汉武帝时，苏武以中郎将的身份出使匈奴，被匈奴拘留。匈奴威逼利诱，逼苏武投降，没有得逞。后来把苏武流放到北海（今贝加尔湖）。苏武持节牧羊，不改初衷。苏武留匈奴十九年，才被释放回汉朝。[19]长吏：地位较高的官员。[20]有：据吴宽抄本补。[21]"又不当独在后"六字：据吴宽抄本补。[22]清远：清高宏远。[23]烦辱：繁杂卑贱之事。[24]亮：宽宥，原谅。[25]密：秘密，暗中。济：接济，帮助。[26]几：期冀，希望。[27]束脩：扎成一捆（10条）的干肉，古时学生送给老师的酬礼，后用作教师报酬的代称。[28]折：回转，转变方向。非：非难。[29]权：权衡，衡量。[30]守辱：安于卑贱的地位。[31]大率：大概，大约。[32]轻竭：意谓轻率地竭尽全力（帮助他人）。[33]副：付与。[34]机：枢纽，关键。[35]了：结束。[36]悔：懊悔，后悔。[37]豫：同"与"，参与。[38]是：据吴宽抄本补。[39]竟：结束，最终。[40]就：即使。[41]傥：假如，如果。[42]是：肯定，认为对的。[43]汗漫：广泛，无边际。[44]挽引：牵制，挟制。[45]知旧：知根知底的老相识。邻比：邻居，近邻。[46]外荣华：将荣华摈之于外。[47]上美：最美好的。[48]谦裕：谦虚而大度。[49]孔文举：即孔融。孔融小时候，张俭因受党锢之祸的牵累，投奔孔融的哥哥孔褒。当时孔褒外出，孔融就做主把张俭留了下来。后来事情败露，朝廷要问孔褒的罪。孔融主动承担，说是自己做主，准备代兄长受死。 [50]忌人：令人忌惮。 [51]邪险：邪恶凶险。 [52]讹薄：虚伪浅薄。 [53]是：各本无，据吴宽抄本补。备：防备。 [54]戏调：即调戏，开玩笑。蚩笑：即嗤笑，讥笑，嘲笑。 [55]冰矜：犹拂袖。趋：快步走。此处意谓赶快离开。 [56]监临：监督。 [57]相与：彼此往来。 [58]壶榼：盛酒或茶水的容器，亦指铺陈酒器饮酒。 [59]逆：抵触，不顺从。 [60]通穆：相处和睦的知交。 [61]鬻货：贩卖货物。徼欢：博取欢心。 [62]恶（wù）：讨厌，厌恶。 [63]离娄：纠缠不清。 [64]持：对待。

【点评】

本文是嵇康为教育儿子而写。他深知立志对一个人成长的重要性，所以，文章开篇便言"人无志，非人也"，强调了立志的极端重要性。他谆谆告诫儿子，"若志之所之，则口与心誓，守死无二，耻躬不逮，期于必济"。既要立志，就要心口如一，坚守志向，躬身实践，并且一定要实现。嵇康反对空立志，立空志，反对半途而废。对于"繁华熠耀，无结秀之勋；终年之勤，无一旦之功"的现象，嵇康表示深深的惋惜。他认为，不仅要立志，而且要守志，所谓"若夫申胥之长吟，夷齐之全洁，展季之执信，苏武之守节，可谓固矣"。

文章从言语、处世、交往等方面，对儿子提出了忠告。言语是人际交往的重要媒介，但言语也容易惹是生非，因此，说话不可不慎。嵇康总的态度是：少言语，少是非。遇有争论不清的事情，"能不言，全得其可矣"；遇有议论别人是非的情况，"但当高视，不足和答也"；遇到争论是非，慎勿参与，"至竟可不言以待之"。即便有人问自己的意见，"犹当辞以不解"。

对于参加酒会，嵇康告诫儿子：遇有酒场争斗，应尽快离开。若坐视，必见曲直，言曲直则必惹是非。如果不能离开，则是"取醉为佳"，利用醉酒来掩饰，不评价谁是谁非。对酒场的是是非非，"不知不识，方为有志"。饮酒要看对象。如果不是知己旧交，不要答应别人的邀约，应该找个理由推掉，尽量不要参与。对别人的隐私，嵇康认为应尽量少知道，如果知道了，就会引起别人的忌惮。别人如果一定要和你说起，则"当正色以道义正之"。如果偶然知道了别人的隐私，千万不要言语，时间久了就过去了。

结合全文可以看出，这篇《家诫》流露出嵇康为人处世的基本态度，即：坚守志向，少言语，少是非。可见，嵇康为人处世是非常谨慎的。他曾经明确表示过，想学习阮籍"口不论人过"，但他始终难以做到像阮籍那样对许多事情隐忍不发，而是像他在《与山巨源绝交书》中说的那样，刚肠嫉恶，轻肆直言，遇事便发。也许正是因为意识到了这种性格难以为世人所容，嵇康才在《家诫》中告诫儿子要少言语，少议论他人的是非。

附录

晋书·嵇康传

嵇康，字叔夜，谯国铚人也。其先姓奚，会稽上虞人，以避怨徙焉。铚有嵇山，家于其侧，因而命氏。兄喜，有当世才，历太仆、宗正。康早孤，有奇才，远迈不群。身长七尺八寸，美词气，有风仪，而土木形骸，不自藻饰，人以为龙章凤姿，天质自然。恬静寡欲，含垢匿瑕，宽简有大量。学不师受，博览无不该通。长好《老》《庄》。与魏宗室婚，拜中散大夫。常修养性服食之事，弹琴咏诗，自足于怀。以为神仙禀之自然，非积学所得，至于导养得理，则安期、彭祖之伦可及，乃著《养生论》。又以为君子无私，其论曰："夫称君子者，心不措乎是非，而行不违乎道者也。何以言之？夫气静神虚者，心不存于矜尚；体亮心达者，情不系于所欲。矜尚不存乎心，故能越名教而任自然；情不系于所欲，故能审贵贱而通物情。物情顺通，故大道无违；越名任心，故是非无措也。是故，言君子则以无措为主，以通物为美；言小人则以匿情为非，以违道为阙。何者？匿情矜吝，小人之至恶；虚心无措，君子之笃行也。是以大道言'及吾无身，吾又何患'。无以生为贵者，是贤于贵生也。由斯而言，夫至人之用心，固不存有措矣。故曰'君子行道，忘其为身'，斯言是矣。君子之行贤也，不察于有度而后行也；任心无邪，不议于善而后正也；显情无措，不论于是而后为也。是故傲然忘贤，而贤与度会；忽然任心，而心与善遇；傥然无措，而事与是俱也。"其略如此。盖其胸怀所寄，以高契难期，每思郢质。所与神交者，惟陈留阮籍、河内山涛，豫其流者，河内向秀、沛国刘伶、籍兄子咸、琅邪王戎，遂为竹林之游，世所谓"竹林七贤"也。戎自言与康居山阳二十年，未尝见其喜愠之色。

康尝采药游山泽，会其得意，忽焉忘反。时有樵苏者遇之，咸谓为神。至汲郡山中见孙登，康遂从之游。登沉默自守，无所言说。康临去，登曰："君性烈而才隽，其能免乎！"康又遇王烈，共入山，烈尝得石髓如饴，即自服半，余半与康，皆凝而为石。又于石室中见一卷素书，遽呼康往取，辄不复见。烈乃叹曰："叔夜志趣非常，而辄不遇，命也！"其神心所感，每遇幽逸如此。

山涛将去选官，举康自代。康乃与涛书告绝，曰："闻足下欲以吾自代，虽事不行，知足下故不知之也。恐足下羞庖人之独割，引尸祝以自助，故为足下陈其可否。老子、庄周，吾之师也，亲居贱职；柳下惠、东方朔，达人也，安乎卑位。吾岂敢短之哉？又仲尼兼爱，不羞执鞭；子文无欲卿相，而三为令尹。是乃君子思济物之意也。所谓达能兼善而不渝，穷则自得而无闷。以此观之，故知尧舜之居世，许由之岩栖；子房之佐汉，接舆之行歌。其揆一也。仰瞻数君，可谓能遂其志者也。故君子百行，殊途同致，循性而动，各附所安。故有'处朝廷而不出，入山林而不反'之论。且延陵高子臧之风，长卿慕相如之节，意气所托，亦不可夺也。吾每读《尚子平》《台孝威》传，慨然慕之，想其为人。加少孤露，母兄骄恣，不涉经学，又读《老》《庄》，重增其放，故使荣进之心日颓，任逸之情转笃。阮嗣宗口不论人过，吾每师之，而未能及。至性过人，与物无伤，惟饮酒过差耳，至为礼法之士所绳，疾之如仇雠，幸赖大将军保持之耳。吾以不如嗣宗之资，而有慢弛之阙；又不识物情，暗于机宜；无万石之慎，而有好尽之累；久与事接，疵衅日兴。虽欲无患，其可得乎？又闻道士遗言，饵术黄精，令人久寿，意甚信之。游山泽，观鱼鸟，心甚乐之。一行作吏，此事便废，安能舍其所乐，而从其所惧哉？夫人之相知，贵识其天性，因而济之。禹不逼伯成子高，全其长也；仲尼不假盖于子夏，护其短也。近诸葛孔明不迫元直以入蜀，华子鱼不强幼安以卿相，此可谓能相终始，真相知者也。自卜已审，若道尽途殚则已耳，足下无事冤之，令转于沟壑也。吾新失母兄之欢，意常凄切。女年十三，男年八岁，未及成人。况复多疾，顾此恨恨，如何可言！今但欲守陋巷，教养子孙，时时与亲旧叙离阔，陈说平生，浊酒一杯，弹琴一曲，志意毕矣。岂可见黄门而称贞哉？若趣欲共登王涂，期于相致，时为欢益，一旦迫之，必发狂疾。自非重仇，不至此也。既以解足下，并以为别。"此书既行，知其不可羁屈也。

性绝巧而好锻。宅中有一柳树甚茂，乃激水圜之，每夏月居其下以锻。东平吕安服康高致，每一相思，辄千里命驾，康友而善之。后安为兄所枉诉，以事系狱，辞相证引，遂复收康。康性慎言行，一旦缧绁，乃作《幽愤诗》曰："嗟余薄祜，少遭不造。哀茕靡识，越在襁褓。母兄鞠育，有慈无威。恃爱肆姐，不训不师。爰及冠带，凭宠自放。抗心希古，任其所尚。托好庄老，贱物贵身。志在守朴，养素全真。曰予不敏，好善暗人。子玉之败，屡增惟尘。大人含弘，藏垢怀耻。人之多僻，政不由己。惟此褊心，显明臧否。

感悟思愆,怛若创痛。欲寡其过,谤议沸腾。性不伤物,频致怨憎。昔惭柳惠,今愧孙登。内负宿心,外恶良朋。仰慕严郑,乐道闲居。与世无营,神气晏如。咨予不淑,婴累多虞。匪降自天,实由顽疏。理弊患结,卒致囹圄。对答鄙讯,縶此幽阻。实耻讼冤,时不我与。虽曰义直,神辱志沮。澡身沧浪,曷云能补。雍雍鸣雁,厉翼北游。顺时而动,得意忘忧。嗟我愤叹,曾莫能畴。事与愿违,遘兹淹留。穷达有命,亦又何求?古人有言,善莫近名。奉时恭默,咎悔不生。万石周慎,安亲保荣。世务纷纭,只搅余情。安乐必诫,乃终利贞。煌煌灵芝,一年三秀。予独何为,有志不就。惩难思复,心焉内疚。庶勖将来,无馨无臭。采薇山阿,散发岩岫。永啸长吟,颐神养寿。"初,康居贫,尝与向秀共锻于大树之下,以自赡给。颍川钟会,贵公子也,精练有才辩,故往造焉。康不为之礼,而锻不辍。良久,会去。康谓曰:"何所闻而来?何所见而去?"会曰:"闻所闻而来,见所见而去。"会以此憾之。及是,言于文帝曰:"嵇康,卧龙也,不可起。公无忧天下,顾以康为虑耳。"因谮"康欲助毌丘俭,赖山涛不听。昔齐戮华士,鲁诛少正卯,诚以害时乱教,故圣贤去之。康、安等言论放荡,非毁典谟,帝王者所不宜容,宜因衅除之,以淳风俗"。帝既昵听信会,遂并害之。康将刑东市,太学生三千人请以为师,弗许。康顾视日影,索琴弹之,曰:"昔袁孝尼尝从吾学《广陵散》,吾每靳固之。《广陵散》于今绝矣!"时年四十。海内之士,莫不痛之。帝寻悟而恨焉。初,康尝游于洛西,暮宿华阳亭,引琴而弹。夜分,忽有客诣之,称是古人,与康共谈音律,辞致清辩,因索琴弹之,而为《广陵散》,声调绝伦，遂以授康，仍誓不传人，亦不言其姓字。康善谈理，又能属文，其高情远趣，率然玄远。撰上古以来高士为之传赞，欲友其人于千载也。又作《太师箴》，亦足以明帝王之道焉。复作《声无哀乐论》，甚有条理。子绍，别有传。

《世说新语》有关嵇康的文献

按：《世说新语》中有不少有关嵇康的记载。为方便读者全面了解嵇康其人，特将《世说新语》中有关嵇康的文献辑录于后。属于《世说新语》原文的列于前，文后注明篇次；刘孝标注引文献资料则是书目在前，文字在后，一并附之于后。

王戎云："与嵇康居二十年，未尝见其喜愠之色。"（《世说新语·德行第一》）

《康集叙》曰："康字叔夜，谯国铚人。"

王隐《晋书》曰："嵇本姓奚，其先避怨徙上虞，移谯国铚县。以出自会稽，取国一支，音同本奚焉。"

虞预《晋书》曰："铚有嵇山，家于其侧，因氏焉。"

《康别传》曰："康性含垢藏瑕，爱恶不争于怀，喜怒不寄于颜。所知王濬冲在襄城，面数百，未尝见其疾声朱颜。此亦方中之美范，人伦之胜业也。"

《文章叙录》曰："康以魏长乐亭主婿，迁郎中，拜中散大夫。"

桓南郡既破殷荆州，收殷将佐十许人，咨议罗企生亦在焉。桓素待企生厚，将有所戮，先遣人语云："若谢我，当释罪。"企生答曰："为殷荆州吏，今荆州奔亡，存亡未判，我何颜谢桓公？"既出市，桓又遣人问："欲何言？"答曰："昔晋文王杀嵇康，而嵇绍为晋忠臣。从公乞一弟以养老母。"桓亦如言，宥之。桓先曾以一羔裘与企生母胡，胡时在豫章。企生问至，即日焚裘。（《世说新语·德行第一》）

王隐《晋书》曰："绍字延祖，谯国铚人。父康，有奇才俊辩。绍十岁而孤，事母孝谨。累迁散骑常侍。惠帝败于荡阴，百官左右皆奔散，唯绍俨然端冕，以身卫帝。兵交御辇，飞箭雨集，遂以见害也。"

嵇中散语赵景真："卿瞳子白黑分明，有白起之风。恨量小狭。"赵云："尺表能审玑衡之度，寸管能测往复之气。何必在大？但问识如何耳。"（《世说新语·言语第二》）

嵇绍《赵至叙》曰："至字景真，代郡人。汉末，其祖流宕，客缑氏。令新之官，至年十二，与母共道傍看。母曰：'汝先世非微贱家也。汝后能如此不？'至曰：'可尔耳。'归便求师诵书。盍闻父耕叱牛声，释书而泣。师问之。答曰：'自伤不能致荣华，而使老父不免勤苦。'年十四，入太学观。时先君在学写石经古文，事讫去。遂随车问先君姓名，先君曰：'年少何以问我？'至曰：'观君风器非常，故问耳。'先君具告之。至年十五，阳病，数数狂走五里三里，为家追得。又灸身体十数处。年十六，遂亡命，径至洛阳，求索先君不得。至邺，沛国史仲和，是魏领军史涣孙也。至便依之，遂名翼，字阳和。先君到邺，至具道太学中事，便遂先君归山阳经年。至长七尺三寸，洁白黑发，赤唇明目，鬓须不多，闲详安谛，体若不胜衣。先君尝谓之曰：'卿头小而锐，瞳子白黑分明，视瞻停谛，有白起风。'至议论清辩，有纵横才，然亦不以自长也。孟元基辟为辽东从事，在郡断九狱，见称清当。自痛弃亲远游，母亡不见，吐血发病，服未竟而亡。"

或问顾长康："君《筝赋》何如嵇康《琴赋》？"顾曰："不赏者作后出相遗，深识者亦以高奇见贵。"(《世说新语·文学第四》)

嵇中散临刑东市，神气不变，索琴弹之，奏《广陵散》。曲终曰："袁孝尼尝请学此散，吾靳固不与。《广陵散》于今绝矣。"太学生三千人上书，请以为师，不许。文王亦寻悔焉。(《世说新语·雅量第六》)

《晋阳秋》曰："初，康与东平吕安亲善。安嫡兄逊淫安妻徐氏，安欲告逊遣妻，以咨于康。康喻而抑之。逊内不自安，阴告安挝母，表求徙边。安当徙，诉自理，辞引康。"

《文士传》曰："吕安罹事，康诣狱以明之。钟会庭论康曰：'今皇道开明，四海风靡，边鄙无诡随之民，街巷无异口之议。而康上不臣天子，下不事王侯，轻时傲世，不为物用，无益于今，有败于俗。昔太公诛华士，孔子戮少正卯，以其负才乱群惑众也。今不诛康，无以清洁王道。'于是录康闭狱。临死，而兄弟亲族咸与共别。康颜色不变，问其兄曰：'向以琴来不邪？'兄曰：'以来。'康取调之，为《太平引》。曲成，叹曰：'《太平引》于今绝也！'"

王隐《晋书》曰："康之下狱，太学生数千人请之，于时豪俊皆随康入狱，悉解喻，一时散遣。康竟与安同诛。"

王子猷、子敬兄弟共赏《高士传》人及赞。子敬赏井丹高洁。子猷云："未若长卿慢世。"(《世说新语·品藻第九》)

嵇康《高士传》曰："丹字大春，扶风郿人，博学高论。京师为之语曰：'五经纷纶井大春，未尝书刺谒一人。'北宫五王更请，莫能致。新阳侯阴就使人要之，不得已而行。侯设麦饭葱菜，以观其意。丹推却，曰：'以君侯能供美膳，故来相过，何谓如此？'乃出盛馔。侯起，左右进辇。丹笑曰：'闻桀纣驾人车，此所谓人车者邪？'侯即去辇。越骑梁松贵震朝廷，请交丹。丹不肯见。后丹得时疾，松自将医视之。病愈。久之，松失大男磊，丹一往吊之，时宾客满庭，丹裘褐不完。入门，坐者皆悚，望其颜色。丹四向长揖，前与松语，客主礼毕后，长揖径坐，莫得与语。不肯为吏，径出。后遂隐遁。其赞曰：井丹高洁，不慕荣贵。抗节五王，不交非类。显讥辇车，左右失气。披褐长揖，义陵群萃。"

"司马相如者，蜀郡成都人，字长卿。初为郎，事景帝。梁孝王来朝，从游说士邹阳等。相如说之，因病免，游梁。后过临邛，富人卓王孙女文君新寡，好音。相如以琴心挑之，文君奔之，俱归成都。后居贫，至临邛买酒舍，文君当垆，相如著犊鼻裈，涤器市中。为人口吃。善属文。仕宦不慕高爵，常托疾不与公卿大事，终于家。其赞曰：长卿慢世，越礼自放。犊鼻居市，不耻其状。托疾避官，蔑此卿相。乃赋《大人》，超然莫尚。"

嵇康身长七尺八寸，风姿特秀，见者叹曰："萧萧肃肃，爽朗清举。"或云："肃肃如松下风，高而徐引。"山公曰："嵇叔夜之为人也，岩岩若孤松之独立；其醉也，傀俄若玉山之将崩。"(《世说

新语·容止第十四》)

《康别传》曰:"康长七尺八寸,伟容色,土木形骸,不加饰厉,而龙章凤姿,天质自然,正尔在群形之中,便自知非常之器。"

嵇康游于汲郡山中,遇道士孙登,遂与之游。康临去,登曰:"君才则高矣,保身之道不足。"(《世说新语·栖逸第十八》)

《康集叙》曰:"孙登者,不知何许人,无家。于汲郡北山土窟住,夏则编草为裳,冬则被发自覆。好读《易》,鼓一弦琴。见者皆亲乐之。"

《魏氏春秋》曰:"登性无喜怒,或没诸水,出而观之,登复大笑。时时出入人间,所经家设衣食者,一无所辞,去皆舍去。"

《文士传》曰:"嘉平中,汲县民共入山中,见一人,所居悬岩百仞,丛林郁茂,而神明甚察。自云孙姓登名,字公和。康闻,乃从游三年,问其所图,终不答,然神谋所存良妙。康每蔺然叹息。将别,谓曰:'先生竟无言乎?'登乃曰:'子识火乎?生而有光而不用其光,果然在于用光;人生有才而不用其才,果然在于用才。故用光在乎得薪,所以保其曜;用才在乎识物,所以全其年。今子才多识寡,难乎免于今之世矣!子无多求。'康不能用。及遭吕安事,在狱为诗自责云:'昔惭下惠,今愧孙登。'"

王隐《晋书》曰:"孙登,即阮籍所见者也。嵇康执弟子礼而师焉。魏晋去就,易生嫌疑,贵贱并没,故登或默也。"

山公将去选曹,欲举嵇康。康与书告绝。(《世说新语·栖逸第十八》)

《康别传》曰:"山巨源为吏部郎,迁散骑常侍,举康。康辞之,并与山绝。岂不识山之不以一官遇己情耶？亦欲标不屈之节，以杜举者之口耳？乃答涛书，自说不堪流俗，而非薄汤武。大将军闻而恶之。"

钟士季精有才理，先不识嵇康。钟要于时贤俊之士，俱往寻康。康方大树下锻，向子期为佐鼓排，康扬槌不辍，傍若无人，移时不交一言。钟起去，康曰："何所闻而来，何所见而去？"钟曰："闻所闻而来，见所见而去。"（《世说新语·简傲第二十四》）

《文士传》曰："康性绝巧，能锻铁。家有盛柳树，乃激水以圜之，夏天甚清凉，恒居其下傲戏，乃身自锻。家虽贫，有人说锻者，康不受直。唯亲旧以鸡酒往，与共饮啖，清言而已。"

《魏氏春秋》曰："钟会为大将军兄弟所昵，闻康名而造焉。会名公子，以才能贵幸，乘肥衣轻，宾从如云。康方箕踞而锻，会至，不为之礼。会深衔之，后因吕安事，而遂谮康焉。"

嵇康与吕安善，每一相思，千里命驾。安后来，值康不在，喜出户延之，不入，题门上作"鳳"（凤）字而去。喜不觉，犹以为欣。故作"鳳"字，凡鸟也。（《世说新语·简傲第二十四》）

《晋百官名》曰："嵇喜字公穆，历扬州刺史，康兄也。阮籍遭丧，往吊之。籍能为青白眼，见凡俗之士，以白眼对之。及喜往，籍不哭，见其白眼。喜不怿而退。康闻之，乃赍酒挟琴而造之，遂相与善。"

干宝《晋纪》曰："安尝从康，或遇其行。康兄喜拭席而待之，弗顾，独坐车中。康母就设酒食，求康儿共语戏，良久则去。其轻贵如此。"

家藏文库书目（持续更新中）

大学　中庸	庾信选集
三国志选注译（上、中、下）	孟浩然诗选
水经注	李杜诗选（上、下）
唐才子传	韩愈诗选
商君书	柳宗元诗选
孔子家语	杜牧诗选
法言	苏轼诗文选
随园食单	黄庭坚诗选
板桥杂记	陆游诗文选
抱朴子内篇	王阳明诗文选（上、下）
文中子中说	花间集（上、下）
大唐西域记（上、下）	晏殊　晏几道词选
洛阳伽蓝记	欧阳修词选
地藏经　药师经	苏轼词选
东坡志林	秦观词
朱子读书法	周邦彦词
武林旧事　附《增补武林旧事》	姜夔词
扬州画舫录（上、下）	豪放词
徐霞客游记（上、下）	婉约词
曾国藩家书	历代抒情小赋选
梁启超家书	先秦散文选
郑板桥家书	唐宋散文选
古诗十九首　乐府诗选	晚明散文选
阮籍诗选	古文辞类纂（上、下）
嵇康诗文选	唐人小说选

牡丹亭　窦娥冤　　　　　儒林外史

西厢记　桃花扇　　　　　千家诗

喻世明言　　　　　　　　帝鉴图说

警世通言　　　　　　　　四字鉴略

醒世恒言（上、下）　　　声律启蒙　笠翁对韵

聊斋志异　　　　　　　　重订增广贤文　名贤集

镜花缘　　　　　　　　　历代修身格言集萃